Victor Auburtin

Pfauenfedern

Phantastische Weltgeschichten

Regenbrecht Verlag

Bibliografische Information der Deutschen Bibliothek
Die Deutsche Bibliothek verzeichnet diese Publikation in
der Deutschen Nationalbibliografie; detaillierte
bibliografische Daten sind im Internet unter
http://dnb.ddb.de abrufbar.

Herstellung: BoD – Books on Demand, Norderstedt

Erstausgabe: München 1921
Die Rechtschreibung wurde behutsam modernisiert.

ISBN: 978-3-943889-949

Einleitung

Vor mir auf dem Tische liegen drei Bogen Papier, liniert, etwas gelblich. Daneben ein gut angespitzter Tintenstift.

Ich untersuche diesen Tintenstift und bemerke, dass sein Name ist: Dessin Wilson 416 B.

Und mehr Werkzeug brauche ich nicht beisammen zu haben, um der berühmteste Mensch der Welt zu werden.

Auch sonst sind die Umstände dem großen Vorhaben recht günstig.

Es ist Februarabend. Die weißen Vorhänge sind heruntergelassen, die Tischlampe brennt und die Tabakpfeife ist in richtigem Gang; sammetweich, ohne Nebengeräusche, zieht der Rauch durch das Rohr.

Aber drüben aus dem Wandbrett schimmern im Halblicht die Raritäten und die Zierrate; die bronzenen Schalen mit den Löwenköpfen, die gefleckten Schnecken, die Millefiorigläser vom Rialto in Venedig und die stillen Gläser mit den Pfauenfedern.

Also beispielsweise so: an diesem Februarabend könnte ich mit diesem Tintenstift auf dieses gelbe Papier einen Gesang in Terzinen schreiben, gegen den die Divina Commedia erblasste wie eine Gaslaterne am Mittag. Es liegt das nur bei mir, alles ist zur Hand. Einen Sonnengesang mit Feuerrädern und tausend flammenden Fenstern.

Oder was hinderte mich, eine Entdeckung naturwissenschaftlicher Art jetzt einfach hier auf dieses Papier so hinzuschreiben? Bunsens Abhandlung über die Spektralanalyse war anderthalb Druckseiten lang und hat die wissenschaftliche Welt umgeworfen. Und was wäre Bunsens Abhandlung über die Spektralanalyse gegen die Entdeckung, die ich jetzt hier aufzuzeichnen die beste Gelegenheit habe?

Überhaupt fällt mir ein, dass das wahre Wort der Welt noch gar nicht gesprochen worden ist, das Wort, auf das sie alle warten. Sehen wir die Werke der Großen durch: Sie hauen alle immer irgendwie daneben. Sie sind in der Enge ihrer Zustände befangen, wie jener Dante, oder sie sind, wie Goethe, so stolz, dass sie niemals mit der rechten Sprache herausrücken. Ich könnte es schreiben, das Weltwort, das die Geschlechter der Menschen hinrisse, auf dieses Papier schrieb ich es hin mit dem Tintenstift Dessin Wilson 416 B.

Gott könnte ich werden. Bisher hat noch kein Gott geschrieben. Buddha träumte unter dem Feigenbaum, Phöbus Apollon leuchtete, Jesus ließ sich ans Kreuz schlagen ... alles ganz schön und gut, aber nicht verständlich genug. (Wenn Jesus seine Lehre bei dem Verlag James Königsberger in Jerusalem herausgegeben hätte, mancher Streit wäre den Späteren erspart geblieben.) Also auf; ich wäre der erste Gott mit einem Tintenstift, und feurige

Apostel trügen meine Flugschriften in die Welt und lehrten alle Völker.

Oder soll man einen Operettentext entwerfen? 20.000 Mark ließen sich in einem Schmiss verdienen.

Das Zimmer ist voll Rauch, gewaltige Schwaden umgeben mein Haupt und die Strahlen des Geistes zucken in ihnen. Die drei Bogen sind vollgeschrieben.

Nun, ich glaube nicht, dass man mich darum zum Gott ausrufen wird, und noch weniger wird mir einer 20.000 Mark dafür geben. Aber es ist mein Werk, in seinem Gewebe, mit seinen Fäden und Stufen und Lichtern.

Und vorsichtig fasse ich es an und setze das Schimmerwesen auf das Wandbrett zwischen die Raritäten und Zierrate.

Der Dreifuß der Helena

Ilion lag am Boden und die griechische Flotte fuhr mit weit ausgespannten weißen Segeln nach Westen zu ab. Nur eines der Fahrzeuge hatte ein rotes Segel, und von allen anderen Schiffen sah das Seevolk auf dieses rote Segel hin; denn das war das Schiff des Menelaos und auf ihm fuhr Helena nach Hause, um die der große Krieg gekämpft worden war.

Sie lag auf dem Verdeck auf Kissen ausgestreckt und sah nach dem Lande zurück, wo zehn Jahre lang die Männer Griechenlands und Asiens sich ihretwegen gemordet und verstümmelt hatten, und über dem jetzt ein flacher brauner Rauch gebreitet war. Und als das Land im Meere verschwunden war, nahm sie einen goldenen Spiegel vor, öffnete die Lippen und betrachtete ihre Zähne, die klein und zahlreich waren wie die Zähne eines Hechtes.

Aber Zeus zürnte den Griechen und sandte jenen großen Sturm, der die Flotte zerstreute. Odysseus wurde nach dem Vorgebirge Malea verschlagen, Agamemnon nach Kreta und die anderen gegen das offene Meer. Das Schiff des Menelaos zog die roten Segel ein und wiegte sich im Wellensturm, und es war eine große Gefahr. Da rief Helena die Götter an und gelobte, wenn sie aus der Not entkäme, würde sie im ersten Tempel, den sie träfe, einen goldenen Dreifuß aufstellen. Und weil die Götter Helena liebten, wie sie immer nur das Schöne geliebt haben, glätteten sich die Wogen, und ruhig lief das Schiff in den Hafen der Insel Kos ein.

In der Hafenstadt ging Helena zu einem Goldschmied und bestellte einen Dreifuß aus Gold; oben um den Rand sollte eine Schlange liegen, deren Augen aus Smaragden einzusetzen seien; und die Füße sollten die Form von Tigertatzen haben. Die Arbeit dauerte einige Wochen, und während dieser Zeit musste das Schiff des Menelaos in dem Hafen warten. Und als der Dreifuß fertig war, trug Helena ihn mit eigenen Händen in den Tempel der koischen Aphrodite; sie stellte ihn vor den Altar, sah zu dem Bilde der Göttin auf und flüsterte: »Freundin.«

***

Jahrhunderte vergingen. Da fuhren die vereinigten Flotten der Athener und der Korinther gegen den Perserkönig aus und liefen den Hafen der Insel Kos an. Die Insel war feindlich und konnte deshalb geplündert werden, und die beiden Führer der Flotten gingen gleich in den Tempel, um sich die Schätze anzusehen. Der Führer der Korinther erblickte als erster den Dreifuß, fasste ihn erfreut und sagte: »Das ist ein gutes Stück, ich behalte es für mich.« »Du hast gar nichts zu behalten«, antwortete der Athener, »ich bin der Oberbefehlshaber und entscheide über die Verteilung der Beute.« Darüber entstand zwischen den beiden ein lauter Zank, der auf die Soldaten übersprang, bis es eine fürchterliche Prügelei wurde und die beiden Flotten sich trennten.

Das war der Anlass zu dem großen athenisch-korinthischen Seekrieg, der sieben Jahre lang auf dem Inselmeere ausgefochten wurde. Die Häfen wurden verbrannt, die Männer ermordet und die kleinen Kinder als wertlos ins Wasser geworfen. Die Frauen aber führte man auf den Markt, und wenn eine von ihnen in ihrem Gram kreischend zusammenbrach, bekam sie einen Hieb mit dem Lanzenschaft über den Rücken. So ging das um den Dreifuß der Helena; denn alles, was die schlanken Hände des ewigen Weibes berührt hatten, das musste zum Hader führen und zu Verwirrung der Menschen.

***

Schließlich sahen die beiden Staaten ein, dass der Dreifuß die großen Kriegskosten doch nicht wert sei; sie einigten sich also und riefen den Schiedsspruch des Delphischen Gottes an, wem der Dreifuß gehören sollte. Und das Orakel antwortete: gebt ihn dem Weisesten.

Da gingen die Griechen daran, den Weisesten unter sich herauszufinden, was aber keine kleine Sache war, denn es gab viele Gelehrte in jener Zeit und jeder hielt sich für mindestens ebenso bedeutend wie die anderen. Ein Ausschuss wurde eingesetzt, der nach langen Beratungen den Dreifuß dem Philosophen Thales aus Milet zuerkannte.

Aber kaum war dieser Name öffentlich bekannt, so erschien in einem athenischen Verlag eine Flugschrift mit dem Titel »Thales ein Plagiator«, in der bewiesen wurde, dass Thales sein Hauptwerk von einem indischen Philosophen abgeschrieben habe. Die Schrift war so überzeugend verfasst und mit so vielen Belegstellen, dass der Ausschuss sich beeinflussen ließ und seine erste Entscheidung zurückzog. Er schlug jetzt den Philosophen Periander aus Korinth vor. Sofort kündigte der Professor Bias in Athen einen Vortrag an, dem er den Titel »Ein öffentlicher Skandal« gab, und in dem er ausführte, es sei geradezu unerhört, dem Periander den goldenen Dreifuß der Helena zu geben. Periander sei ein durchaus rückständiger und kirchlich gesinnter Mann und stehe auf einem Standpunkt, den die moderne Wissenschaft längst als erledigt erkannt und verlassen habe. Beispielsweise halte er immer noch an der irrigen Lehre fest, die Erde sei eine Scheibe, während man doch jetzt allgemein wisse, dass die Erde ein länglicher Zylinder sei.

Periander antwortete in einem Gegenvortrag und auch Thales schrieb eine Gegenflugschrift; andere Gelehrte mischten sich ein, drei Universitäten gaben ihre Gutachten ab und die akademische Jugend brachte den beliebten Professoren Fackelzüge und den unbeliebten Katzenmusiken.

***

Helena wohnte damals schon längst im Olymp. Sie saß vor ihrem Spiegeltisch und rieb sich die Fingernägel mit elfenbeinfarbenem Puder. Hermes, der ihr um diese Zeit den Hof machte, saß ihr gegenüber und fragte sie: »Was sagst du zu dem Streit der griechischen Gelehrten um deinen Dreifuß?« Sie seufzte leicht auf und antwortete: »Ach, es war doch hübscher damals in Troja, als noch wirkliches Blut floss.«

Der Schwanz

Auf den brennend heißen Steinen, die am Abhang des Hügels lagen, saßen zwei Eidechsen und sahen sich an.

Er hieß Chilperich und sie hieß Hilde.

Sie sahen sich fünfundvierzig Minuten lang regungslos an, ohne auch nur mit den Augen zu zwinkern. Aber an dem Zittern ihrer Haut, die mit einem geschmackvollen Stickereimuster verziert war, konnte man das Schlagen ihrer kleinen Herzen erkennen.

Die Gräser ringsherum rührten sich auch nicht, und die große Sonne stand wie festgenagelt am Himmel. Und durch die Gräser hindurch sah man das ferne Mittelländische Meer, das in einem blauen Traume tief eingeschlafen war.

Fünfundvierzig Minuten lang sahen Hilde und Chilperich sich an und rührten sich nicht. Da drehte Chilperich plötzlich den Kopf quer, so dass ein Auge zur Erde, das andere zum Himmel sah, und diese Bewegung heißt in der Sprache der Eidechsen: »Ich habe dich lieb.«

Sowie Hilde diese Bewegung sah, drehte sie sich um und raschelte fort, und Chilperich raschelte ihr nach. Und so heftig raschelten sie beide, dass eine dort sitzende deutsche Maldame glaubte, es sei eine Schlange, und entsetzt mit ihrer Staffelei von dannen floh; wodurch eine der besten Landschaften für

die Herbstausstellung deutscher Künstlerinnen ver-
loren ging.

Die Eidechsin Hilde aber huschte durch das Gras
fort, fuhr die verfallene Mauer des Olivengartens
hinauf und schlängelte sich durch das große Stein-
feld, und Chilperich immer hinter ihr her. An dem
bekannten Schieferstück, das bei den Eidechsen
Prinzessin-Amalia-Ruh heißt, stellte er sie, sprang
vor sie hin und sagte noch einmal: »Ich habe dich
lieb.« Sie aber antwortete: »Du bist ein Ekel, ich
kann dich nicht mehr ausstehen mit deinem ewigen Augenverdrehen; und wenn du mir auch nur
noch einen Schritt nachgehst, wende ich mich ganz
einfach an einen Schutzmann.« Damit raschelte sie
fort und ließ Chilperich stehen.

Eine Stunde lang stand Chilperich regungslos
und sah durch die Halme auf das ferne stille Meer.
Dann erblickte er vor sich eine dicke blaue Brum-
merfliege, schoss auf sie los und fraß sie. Und nun
ging er langsam durch die Steine weiter, und fing
hier eine Mücke, da eine Libelle.

Am Abhang begegnete er der kleinen Eidechsin
Mathilde, die ihm sagte: »Chilperich, du solltest
nicht im Gehen essen, das schickt sich nicht.« Dabei lächelte sie so nett, dass Chilperich auch lächeln musste und dann bezüngelten sie sich mit
ihren Schlangenzünglein und gleich darauf begannen sie jenen Haschetanz, der in der Eidech-
sensprache sagt: »Wir wollen jetzt sehr glücklich
sein.« Aber wie sie mitten dabei waren, fuhr die
Eidechsin Hilde, die sich nur versteckt hatte, aus

dem Gebüsch hervor auf Chilperich zu und biss
ihm den Schwanz ab.

Chilperich schlich langsam und stummelig in
seine Steinwohnung und war traurig. »Erst sagt sie
mir, ich sei ein Ekel, und wenn ich mit der Mathilde tanze, beißt sie mir den Schwanz ab.« So dachte
er sich und wunderte sich sehr, denn er war noch
jung und verstand nicht viel von den Geheimnissen
des Frauenherzens.

Der abgebissene Schwanz aber lag zwischen den
Steinen und Gräsern und wand und krümmte sich
in der Einsamkeit. Offenbar hatte er immer noch
nicht genug und wollte immer noch mitmachen in
dieser unruhigen und schönen Welt.

Und erst als die Sonne rot in das heiße Meer
gesunken war, gab er es auf und wurde ruhig.

Die neue Lust

In dem dritten Jahre seiner Herrschaft gab der König Xerxes seinen Dienern und Fürsten ein Fest, das hundertachtzig Tage dauerte. In der großen Säulenhalle standen die Tische einer neben dem andern, schwer beladen mit den silbernen Geschirren, und der Wein floss auf den Boden, der aus schwarzen und gelben Marmorplatten zusammengelegt war. Man schlief bei Tische ein auf dem Kissenlager, und wenn man aufwachte, fasste man nach einem vollen Becher oder in die bronzefarbenen Haare eines syrischen Mädchens. Als das Fest nun endlich vorüber war, schlief der König vier Tage und vier Nächte ununterbrochen durch. Dann nahm er ein Bad in heißem Rotwein und trank sieben Flaschen Sodawasser, um sich den Magen zu reinigen. Aber er blieb trübe und schwer und konnte kaum die Augen öffnen.

Da rief er die zwölf Reichseunuchen herbei und sagte ihnen: »Schreibt auf, was ich euch sage.« Die zwölf Reichseunuchen zogen ihre wächsernen Tafeln hervor und der König diktierte ihnen: »So befiehlt Xerxes, der Herr, der da König ist von Indien bis an das Mohrenland, über hundertsiebenundzwanzig Länder: Ich setze einen Preis von zehntausend Golddukaten aus für den, der eine neue Lust erfindet. Sei es nun eine Lust des Geschmackes, des Gefühles oder des Geruches, aber etwas ganz Neues muss es sein.«

Die zwölf Reichseunuchen schrieben diese Worte auf und trugen ihre Tafeln hinaus; und als sie durch die marmorne Tür schritten, flüsterten sie einander zu: »Das nennt man eine Kateridee.«

Und der Aufruf des Königs Xerxes wurde in allen Städten und Häfen seines Reiches angeschlagen, vom Hellespont bis an die Quellen des Ganges.

Bald darauf stellten sich die Lusterfinder im Palaste des Königs ein und warteten in der großen Halle auf die Audienz. Es waren meistens ganz einfache und arme Leute und Unterbeamte, die noch nie eine Lust erkannten, die sich aber in kümmerlichen Nächten irgendeine Herrlichkeit erdacht hatten. Einige von ihnen trugen große Rollen unter dem Arm, auf denen das neue Glück zeichnerisch dargestellt war.

Als erster wurde ein sechzigjähriger unverheirateter Postbeamter vorgelassen. Er trat vor Xerxes hin, verneigte sich dreimal bis auf den Boden und sagte: »Dieses ist die Lust, o König, die ich dir rate. Hänge dich mit deinen königlichen Händen an einem Trapez auf, das über einem stark duftenden Blumenbeete schwebt. Mit dir muss am Trapez ein nacktes Mädchen hängen, das von reinster Schönheit und von edelster Abkunft sei. Und dann liebt euch, während ihr langsam über den dunklen Rosen auf- und niederschaukelt.«

König Xerxes erwiderte: »Das ist gar nichts Neues. Das hat meine hochselige Großtante schon zusammen mit dem Rabbiner Nathan getan. Sie wurde, wie du weißt, die Mutter des Prinzen Assur, der jetzt der allgemein geachtete Regierungspräsident von Mesopotamien ist.«

Der zweite Erfinder, der vor den König gelassen wurde, war der Dr. Prohasca, Chefredakteur der »Babylonischen Volksstimme«. Er sagte zu dem König: »Ich bringe dir das höchste Glück, das es auf dieser Welt geben kann. Mache dein Volk frei, so dass jedermann dieselben Rechte hat. Keinen Adel soll es mehr geben, sondern jedermann genieße den Einfluss, den er nach seiner Arbeit und nach seinem Werte beanspruchen darf. Auch soll das Volk selbst über Krieg und Frieden bestimmen, und die schweren, willkürlichen Abgaben müssen durch eine stufenweise Einkommensteuer ersetzt werden. Dann werden deine Mitbürger dir dankbar zujauchzen und du wirst das höchste Glück genießen, von einem freien Volke geliebt zu werden wie ein Vater.«

Auf diese Rede antwortete der König Xerxes gar nichts, aber er gähnte laut und das war das offenbare Zeichen seiner allerhöchsten Ungnade. Daraufhin führten die zwölf Reichseunuchen den Chefredakteur Dr. Prohasca auf den Hof des Palastes und zerschnitten ihn dort langsam in kleine Stücke, die er eines nach dem anderen aufessen musste, bis gar nichts von ihm übrig blieb.

»Nun sprich du«, sagte der König zu dem dritten, einem blonden, jungen Mann mit Brille, der sich als der stud. theol. Ströbecke vorgestellt hatte. Der stud. theol. Ströbecke sagte: »Wähle ein Mädchen, das nicht älter als vierzehn Jahre sein darf; vom niedrigsten Stande muss sie sein, aber goldene Schuhe soll sie an ihren schlanken Füßen tragen. Dann lege dich platt auf die Erde und sie trete auf dir herum, und lass dich, o König der hundertsiebenundzwanzig Reiche bis nach Mohrenland hin, behandeln, als seiest du ein Hund. Wenn du den Staub zu den Füßen des Kindes frisst, werden Scham und Zorn in dir brennen als die höchste Lust.«

»Sonderbar«, sagte Xerxes der König, »aber das könnte man ja einmal versuchen.«

So wurde die zwölfjährige Thamar, die Tochter des Pförtners aus der Damaskusstraße 81 b, in den fürstlichen Palast gerufen. Und sie trat den König, dass er schrie, und spie ihn an und schlug ihn mit ihren Fäusten. Dann sperrte sie den Herrn der Welt in eine Hundehütte, wo er drei Tage in seinem Unrat und Schmutz liegen musste.

Als es vorüber war, sagte der König: »Gar nicht so übel; auf jeden Fall war es einmal etwas anderes. Aber zehntausend Dukaten ist es nun doch nicht wert. Gebt dem stud. theol. Ströbecke fünftausend, und sagt ihm, wenn er sein Seminarexamen besteht, mache ich ihn zum Erzbischof.«

Aufklärung

Zwölf Nachtfalter von der Gattung Triphaena pronuba schlüpften aus ihren Puppen und breiteten ihre grauen Flügel aus. Und zwar vollzog sich dieses Ereignis um neun Uhr, dicht an dem Gartenzaun, dort, wo immer die große Gießkanne steht.

Der Falter, der zuletzt ausgeschlüpft war, und deshalb als der jüngste und unerfahrenste von ihnen angesehen werden muss, sagte: »Ich sehe da oben etwas Helles; was mag das sein?«

Der, der zuerst aus seiner Puppe gekommen war, antwortete: »Man nennt das ein Licht. Es geht meistens von etwas Brennendem oder Glühenden aus und ist deshalb fast immer mit einer erhöhten Temperatur verbunden.«

»Das werden wir gleich sehen«, meinte der andere Falter und begann seine jugendlichen Flügel zu strecken.

»Ich warne dich«, sagte der ältere, »es sieht stark und gefährlich aus. Glaube mir, der schon mehr von dieser Welt gesehen hat als du, und bleibe hier bei uns anderen im Dunkeln, wo es ruhig und sicher ist.«

»Licht, es heißt Licht«, rief der jüngere und flatterte auf den hellen Schein zu.

Es war dieser Schein aber das offene Fenster an dem Arbeitszimmer des katholischen Religionslehrers Pfarrer Dr. Franke. Der saß an einer Petroleumlampe und schrieb einen Artikel über die unbefleckte Empfängnis der Jungfrau Maria, der in der nächsten Nummer der »Stimmen von Maria-Laach« erscheinen sollte.

Der jüngste Falter flatterte durch das Fenster auf die Lampe zu, und in diesem Augenblick war sein kleines Herz ganz voll von den gewaltigen Sonnenrädern des ewigen Glücks. »Licht«, jauchzte er und rannte gegen das Petroleumbassin der Lampe, an dem er mit seinen Flügeln hängen blieb; und wollte wieder los und schlug und zappelte.

»Steht diese Stelle nun bei Hiob oder bei Habakuk?«, dachte der Pfarrer Dr. Franke und blickte in scharfem Nachsinnen vor sich hin. Und weil ihn bei dieser geistigen Anstrengung das Surren des Falters störte, nahm er seine schwarze Tintenfeder her und quetschte ihn tot.

Unterdessen hatten sich die elf Brüder des Falters einen finsteren Winkel ausgesucht, zwischen dem Wagenschuppen und dem Entenstalle, wo sie auf und niederschwebten und ihre vorsichtigen Tänze vollführten. Und dort gründeten sie jenen Verein zur Hebung des völkischen Bewusstseins, der später ein so großes Ansehen gewinnen sollte.

Das Ende des Odysseus

Die hundert Freier der Königin Penelope waren erschlagen, und ihre Leichen wurden, in Teppiche gehüllt, aus dem Festsaal getragen, einer nach dem anderen. Obgleich es schon gegen die Mitternacht ging, war das Haus nach dem furchtbaren Vorfall noch in voller Bewegung; die Fenster strahlten in die Nacht hinaus, und Diener liefen hin und her. Man hörte, wie in der großen Halle das Blut mit Besen über die Steinfliesen ausgefegt wurde. In dem hell erleuchteten Schlafgemach lag Odysseus neben seiner Gattin Penelope. Und nachdem sie sich in Liebe wiedergefunden hatten, setzte er sich aufrecht und begann von seinem zwanzigjährigen Abenteuer zu erzählen; von Ilion, von dem Streit der Könige im Lager; von der Heimfahrt und den Wunderdingen der fernen See. Aber als er bei Szylla und Charybdis ankam, merkte er, dass Penelope neben ihm eingeschlafen war. Da dachte er: »Die Arme hat heute viel durchgemacht, ich werde ihr morgen weitererzählen«, und legte sein Haupt neben das ihrige auf die Purpurkissen.

In dem königlichen Palast war zunächst viel zu schaffen und zu richten, denn die jungen Leute hatten mit ihrem wilden Wesen alles in Unordnung gebracht. Odysseus entwarf einen Plan, ließ sich durch seine Verwalter Bericht erstatten und ging ans Werk.

Er ließ die große Halle mit neuen Marmorplatten belegen, um die letzte Erinnerung an den vergossenen Wein, aber auch an das vergossene Blut zu tilgen. Die Keller und Vorratskammern waren zur Hälfte leer und mussten neu ausgestattet werden; die Ölmühlen, früher ein Stolz der königlichen Wirtschaft, waren jahrelang nicht mehr benutzt worden, und ihre Wiederherstellung erforderte Zeit und Mühe. Hinter dem Hause hatten die Freier einen großen Blumengarten anlegen lassen, zu dessen Besorgung ein syrischer Gärtner angestellt worden war. Dort wurden Narzissen und Nelken gezogen und jene hundertblättrigen Rosen, deren Zucht eben gelungen war. Mit diesen Blumen zierten die Freier ihre Festtafel und brachten große Sträuße der Königin, um deren Gunst sie warben. Penelope aber nahm diese Blumengaben gern entgegen und schmückte damit die Bronzevasen, die auf den Gesimsen ihres Schlafzimmers standen.

Jetzt ließ Odysseus den Blumengarten abreißen und legte an seiner Stelle eine Kohlpflanzung an mit zementierten Bewässerungskanälen, wie er es in Ägypten gesehen hatte. Die Kohlrüben schlugen gut an und gaben Viehfutter für einige Monate. Aber die Bronzevasen der Königin blieben von nun an leer.

Darauf hatte Odysseus sich während seiner langen Heimfahrt am meisten gefreut, wie er alle diese Abenteuer seiner Gattin erzählen würde und wie sie begierig an seinem Munde hängen würde, ihn mit Fragen unterbrechend.

Doch er musste bald erkennen, dass sie keine so aufmerksame Zuhörerin war wie die Phäaken, die zwei Tage lang seinem melodischen Bericht gelauscht hatten. Wenn er Penelope zu erzählen begann, arbeitete sie schweigend an den goldenen Mustern eines Tuches oder blickte zerstreut durch das Fenster; einmal, als er eine Frage stellte, musste er erkennen, dass sie die Lästrygonen mit den Lotophagen verwechselte; und das schmerzte ihn, denn er hielt auf die Genauigkeit seines Erlebnisses, das er um so mehr liebte, je ferner es wurde.

Nur wenn er von der Nymphe Kalypso erzählte, schien sie aufmerksamer hinzuhören. Und diese Teilnahme reizte ihn, so dass er jenen Teil seiner Irrfahrt ausführlicher schilderte: die einsame Insel, den wunderbaren Hain, in dessen Bäumen die Seevögel nisteten, und die duftende Grotte der Göttin. »Wie lange bist du bei dieser Kalypso geblieben?« fragte sie ihn einmal. »Sieben Jahre«, antwortete er.

Sie beugte sich auf die Arbeit nieder, und ihre Augen wurden dunkel.

Solange Odysseus fort war, hatte jeden Abend zur Stunde des Lichteranzündens das Fest der Freier in der großen Halle begonnen. Und Penelope hörte dann bis in ihr fernes dunkelndes Zimmer den Lärm des Gelages, den Klang der Flöte und die frohen Stimmen der Männer, die ihr ergeben waren. Manchmal war sie verschleiert und heimlich auf die Galerie gegangen, die oben um die Halle lief, und hatte hinter einer Säule her die Männer betrachtet,

die auf vergoldeten Sesseln saßen: den göttlichen
Antinoos, dessen Augen waren wie die Nacht, den
vornehmen, schon älteren Eurymachos und Me-
non, der noch ein Knabe war.

Jetzt war die Flöte verstummt, und alles ging
im Hause seinen ordentlichen Gang. Aber immer
wenn die Stunde des Lichteranzündens kam, wurde die Königin unruhig, und es schien, als fehlten
ihr dieser Ton und diese fernen Stimmen, die jetzt
alle gestorben waren. Und einmal konnte sie nicht
widerstehen; sie warf den Schleier über wie damals
und ging auf die Galerie und sah in den Saal hinunter. Da standen die vergoldeten Sessel in langen Reihen an der Wand, und jeder war mit einem
Oberzug aus grauer Leinwand gedeckt. Und durch
die Stille hörte sie von draußen die Stimme ihres
Gemahls, der sagte: »Eumaios, du darfst die Ferkel
nicht mehr in der Nacht draußen lassen; es fängt
an, kühl zu werden.«

Einst als bei Tisch einer jener runden Ziegenkäse
aufgetragen wurde, die es auf allen Inseln des Mit-
telmeeres gibt, musste Odysseus still vor sich hinla-
chen. Sie fragte ihn nicht, was er hätte, und so fing
er von selbst an: »Dieser Ziegenkäse erinnert mich
an die Höhle des Polyphem. Er hatte davon viele
Hunderte auf den Brettern, die an den Steinwän-
den entlang liefen. Und als wir nun, meine treuen
Gefährten und ich, in die Höhle eingedrungen waren, da sagte ich ...«

»Mein Freund«, unterbrach sie ihn, »du scheinst

nicht zu wissen, dass du mir diese Geschichte schon
viermal erzählt hast. Ich kenne sie nun; wie ihr den
armen alten Mann betrunken gemacht habt, wie
ihr ihm – zehn gegen einen – sein einziges Auge
geblendet habt, das habe ich öfter gehört als mir
angenehm war. Viel lieber möchte ich von dir erfahren, was du diese zehn Jahre bei Kalypso getrie-
ben hast.«

»Sieben Jahre«, antwortete er.

»Gestern sagtest du zehn; du hast eben auf deinen Fahrten so viel lügen müssen, armer Freund,
dass du auch jetzt die Wahrheit nicht mehr sagen
kannst. Aber ob es nun zehn Jahre waren oder sieben, auf jeden Fall war es sehr lange, und du scheinst
dich dort wohlgefühlt zu haben; also antworte auf
meine Frage: Was hast du diese lange Zeit getrie-
ben?« Jetzt hätte er ihr antworten müssen: »Weib,
ich habe mich alle diese Jahre nach dir gesehnt; ich
habe alle diese Jahre am Strande der fernen Insel
gesessen, über das Meer geblickt und die Götter an-
gefleht, dass ich nur noch einmal den Rauch deines
Hauses sehen könnte.«

So hätte er antworten müssen. Aber als er sah,
dass ihre Augen kalt und hart auf ihn gerichtet waren, verschwieg er es. Und nie hat sie von seinem
großen Heimweh erfahren.

»Ich habe dort viel Wein getrunken«, antwortete
er ruhig, »der Wein jener Inseln ist gut, wenn auch
etwas sauer.«

Ein Jahr nach der Heimkehr des Odysseus starb sein
Vater Laertes. Das war ihm ein schwerer Schlag,

denn er liebte den Greis, der ihm ein Freund gewesen war in dem verödeten Hause.

Auch war Laertes der einzige gewesen, dem Odysseus von seinen Abenteuern erzählen konnte. Und ein farbiges Erzählen des Erlebten und des Erfundenen war ihm Notwendigkeit. Die alte Schaffnerin Eurykleia aber war taub, und Telemach hatte andere Sorgen. Deshalb hatte Odysseus gern im Vorwerk draußen bei Laertes gesessen und mit lebhaften Gebärden von Riesen und Prinzessinnen erzählt, wenn er auch bemerken konnte, dass der Greis, schon abgewandt und verklärt, kaum mehr hinhörte.

Als er tot war, setzte ihm Odysseus unten am Meeresstrand ein Grabmal in Form einer Pyramide aus geschliffenem Stein, an deren Eingang zwei bronzene Mädchen standen. Dort saß er viel allein, in sich zusammengesunken. Er war jetzt fünfzig Jahre alt, und das goldene Lockenhaar, das Göttinnen geliebt hatten, begann zu ergrauen.

Um diese Zeit verabschiedete sich Telemach von seinen Eltern. Das unruhige Blut des Vaters regte sich wohl in ihm, auch mochte ihm die unbehagliche Stimmung im Hause nicht gefallen, und so tat er sich mit phönizischen Schiffern zusammen, die auf der Fahrt in das östliche Meer die Insel angelaufen waren. Und vom Dach des Hauses, von wo man jenseits der bewaldeten Hügel das Meer liegen sehen konnte, blickte Odysseus dem Schiffe nach. Es war Windstille, und tagelang lag das Schiff an derselben Stelle des Horizontes; dann, als die Meeresfläche sich vom frischen Winde dunkelte, spannte es leuchtende Segel auf und zog den Erlebnissen der Ferne zu.

Jahrelang hatte Odysseus eine kleine, blaue Meeresmuschel bei sich getragen, die von der Insel der Kalypso stammte. Dort hatte er wieder einmal am Strande gelegen und über die spritzenden Wellen der Brandung hinweg sehnend in die Ferne gesehen. Dabei hatte seine Hand im Sande gespielt und die kleine Muschel gefasst; seitdem trug er sie bei sich als Erinnerung an die Süßigkeit jener Stunden. Auch als er nach dem Sturm, der sein Floß zerschlug, tagelang auf dem Meere schwamm, war die Muschel bei ihm, in seinem Gürtel gewesen.

Penelope bemerkte bald das kleine Ding, und wie lieb es ihm war.

»Woher hast du diese Muschel?« fragte sie ihn.

»Ich habe sie von der Insel der Kalypso.«

»Dann verstehe ich, dass sie dir so lieb ist.«

Er beherrschte seine Ungeduld. »Nein, sagte er, du verstehst nichts, du denkst alles falsch.« Sie warf ihre Arbeit hin und ging zur Türe. »Weib«, rief er ihr nach, »wollen wir uns nicht aussprechen? Soll der Dämon des Misstrauens sich zwischen uns festsetzen?« Aber sie machte schweigend die Tür hinter sich zu.

Abends vor dem Schlafengehen legte Odysseus die kleine Muschel auf das Gesims neben sein Bett. Und als er eines Morgens aufstand, war sie verschwunden. Er suchte überall, während Penelope ihm schweigend zusah, und als er sie nicht fand, rief er die ganze Dienerschaft zusammen und versprach dem, der ihm die Muschel brächte, eine Mine Goldes.

»Brauche ich noch andere Beweise«, sagte Penelope, »nun zeigt es sich, wie sehr du an allem hängst, was dich an die Dirne erinnert.«

Da fasste ihn der Zorn. »Sie ist keine Dirne; sie hat mir geholfen in den Jahren der Not; und ich werde ihr meinen Dank bewahren.«

»Dank, ich weiß wofür«, sagte Penelope mit einem hässlichen Lächeln.

Odysseus bemerkte, wie ungünstig sie in diesem Augenblicke aussah, und wurde ruhig. »Du kannst das nicht begreifen«, sagte er, »aber ich werde mir die Heiligkeit meines Leidens nicht besudeln lassen.«

Nun blieb er tagelang allein unten am Strande der See zwischen den Klippen. In seinen Beziehungen zum Meere hatte sich eine merkwürdige Veränderung vollzogen. Zuerst, nach seiner Heimkehr, hatte er das Gewässer nicht sehen wollen, in dem er so viel erduldet; damals pflegte er zu sagen, glücklich seiest du nur dort, wo die Leute das Ruder, das du über der Schulter trägst, für einen Spaten halten. Jetzt liebte er das Meer wieder und saß in den Steinen und lauschte auf das große Tönen der Brandung, bei dem ihm schmerzlich süß ein Gefühl der Kameradschaftlichkeit aufstieg.

Und da musste er denken: Wie hat sich doch

alles gewendet; dort auf der Insel sehnte ich mich nach der Heimat; und nun ich die Heimat habe, sitze ich in der Wüste des Strandes zwischen den angeschwemmten Brettern der Flut und habe Heimweh nach der Heimatlosigkeit.

Aber in fabelhaftem Glanze leuchteten in seinem Innern all die Abenteuer der zwanzig Jahre auf. Und während das erlöschende Auge den Horizont suchte, flüsterten, nur für ihn selbst, seine Lippen unaufhörlich den unsterblichen Bericht: von dem Kampf der Könige, von der nächtlichen Schifffahrt durch die Meerenge und von den Inseln der Nymphen.

Die Sonnenfinsternis

Es sollte in der Hauptstadt und überhaupt in der ganzen Umgegend eine totale Sonnenfinsternis stattfinden, und alle nötigen Vorbereitungen waren dazu getroffen worden. Denn das war noch die alte Zeit, in der es Sonnenfinsternisse, Schönheitskonkurrenzen, Mastviehausstellungen und ähnliche gemeinnützige Veranstaltungen gab, und in der die Leute Freude an so etwas hatten. Jedermann besorgte sich ein geschwärztes Glas, um das Phänomen dadurch besehen zu können, und die Zeitungen brachten wissenschaftliche Artikel, in denen von Kopernikus und Ptolemäus gesprochen wurde.

Als der Dichter Matthias Petermann diese allgemeinen Vorbereitungen bemerkte, erklärte er im Café Kaiserkrone rundheraus, dass er gesonnen sei, die totale Sonnenfinsternis zu schneiden. »Ich bitt' Sie«, sagte er zu seinen Freunden, was ist mir eine totale Sonnenfinsternis? Ein gutgeschriebenes Feuilleton oder eine Lokomotive haben mehr Geist. So eine Sonnenfinsternis ist grad so, als wenn einer die Hand vor das Licht hält. Ich bitt' Sie, halten Sie mal die Hand vor die elektrische Birne da; gleich sehen Sie, dass man dann die elektrische Birne nicht sieht.«

Der Dichter Matthias Petermann sprühte von Einfällen über die Sonnenfinsternis und belästigte damit alle seine Bekannten. »Die ganze Geschichte mit den Sternen, das ist nicht viel mehr Wert als eine Partie Karambolasch auf dem Billard, Kugeln, die durcheinanderrennen, weil sie müssen. Nur, dass in so einer Partie Karambolasch, wie sie hier der Marqueur spielt, mehr Sinn, also mehr Göttlichkeit drinnen ist als in der ganzen Astronomie. Überhaupt werde ich, wann diese Hetz stattfindet, zu Hause bleiben und ein gescheites Buch lesen.«

Diese Absicht konnte der Dichter Matthias Petermann aber nicht ausführen, denn es war die Jahreszeit der Zwetschgenknödel, und der Zufall wollte, dass die Sonnenfinsternis um Mittag stattfand. So musste der Dichter gerade während der größten Aufregung auf die Straße hinunter, wenn er nicht seiner Portion Zwetschgenknödel im Restaurant verlustig gehen wollte.

Überall standen die Leute in Haufen und sahen zu dem Himmel auf, der verdächtig braun geworden war; sogar die Automobilchauffeure ließen sich herab, einen Blick hinaufzuwerfen.

»Jetzt ist es so weit«, schrie der kleine Leonhard, »Herr Doktor Petermann, sehen Sie hinauf, sie wird gleich verfinstert sein.«

Der Dichter Matthias Petermann sah nicht hinauf, sondern fest vor sich hin. Und er erblickte ein siebzehnjähriges Mädchen, das mit entzückten Mienen in die Höhe starrte wie eine Heilige bei der Himmelfahrt. Und während der ganzen Dauer der Finsternis sah er in die Augen des Mädchens und nahm mit Erstaunen wahr, dass diese Augen die

Farbe der Hyazinthe hatten, mit einem verlorenen Schimmer von Altgold darüber.

Am Abend berichteten die Zeitungen: Die Ergebnisse des heutigen astronomischen Ereignisses sind sehr bedeutend. Wie uns die Direktion der K. K. Sternwarte mitteilt, sind drei Protuberanzen beobachtet worden, und zwar eine von 3 Minuten 41,3 Sekunden, eine andere von 4 Minuten 12,8 Sekunden und eine dritte gar in der außerordentlichen Höhe von 6 Minuten 35,4 Sekunden.

Seinerseits verzeichnete der Dichter Matthias Petermann in sein Tagebuch: »Der heutige Tag war reich. Ich weiß jetzt, dass es in dieser Stadt ein siebzehnjähriges Mädchen gibt, dessen Augen die Farbe einer Hyazinthe haben, mit einem verlorenen Schimmer von Altgold darüber.«

Die Sau

Dort wo die March in die Donau geht, lebte und herrschte um die Wende des neunten Jahrhunderts die Markgräfin Irene von Mähren. Die große Geschichte weiß von dieser merkwürdigen Frau nicht viel zu berichten und tut sie in zwei Jahreszahlen ab; aber in der Gesellschaft jener fernen Tage war die Markgräfin Irene sehr berühmt wegen ihrer Schönheit und ihrer ganz außergewöhnlichen Gelehrtheit. Sie las Griechisch und trieb Arithmetik und hatte einen Kommentar zu dem Werke des Euklides geschrieben.

Sie war die Witwe des Markgrafen Rudolf von Mähren. Den hatte sie nach fünfjähriger Ehe mit ihrer Wissenschaft zu Tode geärgert, und nun regierte sie selber sein Land mit ihren starken und weißen Armen. Sie sprach recht wie ein Mann, ritt breitbeinig zu Pferde und verlachte die Bewerber, die um ihre Hand anhielten. Es kamen ihrer viele, denn auch in jener dunklen Zeit war es so, dass die Männer an den Frauen mehr ein unbescheidenes und starkes Wesen liebten als Zucht und Sitte.

Der Markgraf war kaum ein Jahr tot, so ritt in den Hof der Burg ein Zug von Boten ein; das waren feine Herren in neuen und schönen Kleidern und kamen als Gesandte aus Byzanz von dem Grafen Theodor, der um die Hand der Frau Irene bitten ließ. Auch brachten sie Brautgeschenke mit, wie sie nur der kaiserliche Hof von Byzanz liefern konnte, nämlich eine große blaue Kugel aus dem Stein Lapis Lazuli, zehn Sack Dukaten und ein Stück von der Haut Christi in Goldfiligran gefasst. Die Markgräfin empfing die Boten geziemlich in der großen Halle, besah sich die schönen Geschenke und erkundigte sich nach dem Wesen des Grafen, der so herrlich um sie warb. Dann antwortete sie den Boten: »Geht zu eurem Herrn und sagt ihm, dass ich die Seine werden will, wenn er den Inhalt dieser blauen Kugel hier vor mir bis auf ein Lot genau berechnen kann.«

Die Gesandtschaft zog mit diesem Bescheid ab, und von dem griechischen Grafen hörte man nicht mehr.

Der zweite Freiersmann, der sich meldete, war der französische Ritter Jean de Bellejambe; der kam an einem regnerischen Abend verirrt vor dem Schlosse der Markgräfin an und bat um Einlass. Er blieb einige Tage, las mit der Herzogin in ihrer Bibliothek, und die beiden taten sehr vertraut miteinander, so dass die Dienerschaft schon glaubte, diesmal sei die Sache richtig. Aber als der Ritter Ernst machte und nun vor ihr stand und um ihre Hand bat, sagte sie ihm: »Ich will Euch gehören, wenn Ihr gleich jetzt hier vor mir die Namen der römischen Könige aufzählen könnt.« Er stand da und sann nach, kam aber nur bis Numa Pompilius. Da rannte er in großem Zorn in den Hof hinab, sattelte sein Pferd und ritt spornstreichs in die Weite.

So kamen im Laufe der Zeit noch viele aus allen Gegenden des Christentums, und Frau Irene sammelte sich ihre Namen, wie man Käfer sammelt und freute sich, wie sie die Männer am Schnürchen hatte.

Schön ... Zu jener Zeit nun geschah es, dass die Ungarn in die große Ebene einbrachen. Sie kamen unter der Leitung ihres Herzogs Godros, den man den Dreibart nannte, weil er seinen langen, roten Bart in drei gleiche Teile getrennt trug, und verwüsteten das östliche Land. Von dem Waldgebirge her zogen sie die Donau herauf, verbrannten das Kloster Frauenwerk, und der Schein ihrer Feuerbrünste leuchtete am Horizont. Und als sie bis zum Schlosse der Markgräfin geraten waren, umgaben sie es von allen Seiten und begannen es zu berennen.

Markgräfin Irene leitete die Verteidigung acht Tage lang nach allen Regeln der Kunst; sie ließ Sandsäcke auftragen, die Schleudern richten und schritt abends selbst mit den Fackeln die Reihe der Posten ab. Aber bald musste man sehen, dass das Schloss nicht genügend mit Lebensmitteln versehen war und sich nicht halten konnte.

Da versammelte sie alle Männer in der Kapelle und hielt ihnen diese Rede: »Ihr werdet heute noch die Sakramente der Buße und des Altars nehmen, denn morgen in der Frühe werde ich die Burg dem Feinde übergeben. Fürchtet euch nicht. Der ungarische Herzog sieht zwar schrecklich genug aus mit seinen drei Bärten, aber ich werde schon mit ihm fertig werden. Ich habe die Kunst heraus, mit den Männern umzugehen, das wisst ihr ja. Erinnert euch an den griechischen Grafen mit der blauen Kugel, an den Ritter, den Prinzen von Spanien und die vielen anderen. Ich habe sie gekirrt, und so werde ich auch den Dreibart kirren. Wenn er mich morgen als sein Ehrenstück aus der Beute ausgesucht hat, dann werde ich mir ihn vornehmen und ein Wörtchen mit ihm reden.«

Am nächsten Tage wurden die Tore geöffnet, und die Ungarn ritten in die Höfe der Burg ein. Einen ganzen Vormittag beschäftigten sie sich damit, die waffenfähigen Männer an den Bäumen des Obstgartens aufzuhängen, dann wurde die Burg ausgeräumt und alles, was darinnen war, zur Verteilung der Beute in dem Hofe aufgestellt. Da standen in langen Reihen die Frauen gefesselt, mitten unter ihnen die Markgräfin; dann die kleinen Kinder, die immer drei oder vier zu Bündeln zusammengebunden waren wie die Radieschen; weiter die Kasten mit Seide und Goldsachen und schließlich das Vieh der Ställe. Als erster schritt der Herzog Godros-Dreibart die Ausstellung ab, um vor seinen Leuten sich das kostbarste Stück auszusuchen. Er ging an den Frauen vorbei, prüfte jede mit den Augen und schritt schweigend weiter. Die Kasten überblickte er flüchtig. Doch fasste er hier und da ein Stück edlen Stoffes an. Dann ging er die Reihen des Viehes entlang. Vor einem großen Mutterschwein blieb er erstaunt stehen.

»Wo habt ihr die Sau her?«, fragte er den Vieh-
wärter, einen alten Mann, der bei der allgemeinen
Hängerei verschont geblieben war.

»Es ist ein thrakisches Mutterschwein«, antwortete der Mann, »eine gute Rasse. Wir haben es vor
einem Jahr auf dem Markt von Adrianopel gekauft.«

»Hat sie schon geworfen?«

»Sie hat dieses Frühjahr sechs lebende gesunde
Ferkel geworfen.«

Der Herzog trat an das Tier heran, fasste es am
Ohre und blickte in seine Augen, die klein und listig waren.

»Ein herrliches Tier«, sagte er. »Ich habe einen
Eber derselben Rasse auf meinem Schloss Theodo-
sia am Meere.« Und sich aufrichtend, sagte er: »Ich
wähle diese Sau zu meinem Ehrenstück. Den Rest
teile sich mein Gesinde.«

Nachts saßen die ungarischen Männer in der
großen Halle und tranken. Und sie sangen ihre wilden Lieder, vom Ritt über das Feld, vom Kampf an
der Brücke und von dem elfenbeinernen Schmuck
des Sattelzeuges.

Der Philolog

Täglich, nachmittags um drei Uhr, ging der Philolog durch den Stadtpark in die Landesbibliothek; und so tat er es seit vielen Jahren bei jedem Wetter. Im Winter trug er einen Winterüberzieher, im Sommer einen Sommerüberzieher, und wenn es regnete, spannte er seinen Schirm aus. In der Bibliothek setzte er sich an seinen bestimmten Platz, schlug einen Band der Werke Ciceros auf und zählte nach, wie oft dieser Römer das Wort quamquam gebraucht hatte.

Denn das war seine Lebensausgabe, die er sich gestellt hatte: Er wollte eine Statistik aufsetzen über das Vorkommen des Wortes quamquam bei allen lateinischen Schriftstellern und feststellen, wie oft dieses Wort den Indikativ und wie oft den Konjunktiv regierte. Er hatte darüber schon zwei Bände in Großoktav bei B. G. Teubner in Leipzig herausgegeben.

Der Krieg brach aus, die Welt brannte lichterloh an allen Enden, und der Philolog las davon in seiner Zeitung; aber er setzte seine Forschungen gewissenhaft fort. Die Bibliothek wurde immer leerer, es saßen jetzt keine jungen Studenten mehr darin, sondern nur noch alte Leute wie er, und im Winter war es schlecht geheizt; das war alles, was er von der Not der Zeit merkte.

Da kam der finstere November 1918, in dem das alte Deutschland zusammenstürzte. Auf seinem Wege durch den Stadtpark blieb der Philolog stehen und dachte: »Drei Kaiserreiche umgeworfen, Fürstentümer, die aus der Kreuzzugszeit stammten; und keinen Herzog soll es mehr geben im Lande Widukinds. Auf was kann man noch bauen und vertrauen, wenn nicht einmal das standhält?«

Der Baum, unter dem er solches dachte, war eine junge Birke, und der Philolog blickte zu ihr auf. Die herabhängenden Zweige waren kahl, aber sie trugen an ihren Spitzen schon die Knospen, aus denen die Blätter des kommenden Frühlings hervorsprießen sollten. Diese Knospen waren klein und stramm, und sie schienen fest entschlossen, die kalte Zeit durchzuhalten, komme es so toll, wie es wolle. »Wir wissen nicht«, dachte der Philolog, »was von unseren menschlichen Einrichtungen im nächsten Jahre noch besteht; aber dass diese Knospen im kommenden Frühjahr aufblühen werden, das eine wissen wir bestimmt.«

Als der Philolog am Tag darauf durch den Stadtpark kam, lag die junge Birke gefällt am Boden; denn sie war durch den Verschönerungsverein umgelegt worden, der an ihrer Stelle eine Bedürfnisanstalt zu errichten gedachte. Der Philolog sprach vor sich hin. »Na, dann nicht«, und ging in die Landesbibliothek. Dort setzte er sich an seinen gewohnten Platz, schlug die Rede für Roscius Amerinus auf und begann seine Arbeit da, wo er sie gestern liegen gelassen hatte. »Eines steht fest«, so dachte er, »nämlich dass quamquam, wenn es ironisch gemeint ist, immer den Konjunktiv regiert. Das nimmt mir keiner weg, und mehr brauche ich auch nicht.«

Der Versuch

In dem botanischen Laboratorium stand der Professor Dr. Moldenhauer vor dem großen Tisch und hielt einen Exerimentalvortrag über die Rosenblüte. Er trug einen langen, weißen Kittel, der bis zu seinen Füßen reichte, und es sah so aus, als ob er nur mit diesem Kittel und mit seiner großen Brille und sonst mit weiter nichts bekleidet sei. Vierzig Studenten saßen auf den Theaterbänken des Laboratoriums, und jeder dieser Studenten hatte einen Kneifer auf seiner Nase.

Für seinen Vortrag hatte der Professor Moldenhauer in einem Blumengeschäft sieben rote Rosen gekauft, die er jetzt sezieren wollte, um seinen Schülern das Innere dieser Vegetabilien zu zeigen. Da es in dem Laboratorium keine Kristallvasen gab, auf die rote Rosen Anspruch haben, standen die Rosen vorläufig in einem hohen Porzellantopf, an dessen Außenseite eine Millimeterskala abgezeichnet war. Einer der Studenten, der eine poetische Ader hatte, sagte bei sich. »Sie sehen aus wie sieben königliche Prinzessinnen, die im Leiterwagen zum Schafott fahren.«

Professor Dr. Moldenhauer begann seinen Vortrag und sagte: »Die sogenannte Rose, Rosa centiflora pomponia L., ist keine ursprüngliche, natürliche Form, sondern ein Kunstprodukt. Und wie alle Kunstprodukte verstößt sie gegen die organischen Gesetze der Natur, ist eine Verzerrung, eine Entartung. Die ursprüngliche Form ist die bekannte Heckenrose, auch Hundsrose genannt. Aus dieser Urform haben die Gärtner immer vollere Blüten herausgezüchtet, bis diese monströse Art entstand, bei der die schlichten Organe der Fortpflanzung völlig durch überflüssige, teils rote, oder weiße, oder buttergelbe Blätter bedeckt sind.«

Der Professor griff zwischen die sieben Rosen, fasste die jüngste und schlankste von ihnen und hielt sie hoch empor. Achtzig Kneifergläser waren auf die junge Rose gerichtet, die ihren Kopf senkte. Der Student mit der Ader dachte: »Du bist so beglückend, dass ich dich Beatrix nenne; und ich grüße dich in Ehrfurcht, Beatrix, Prinzessin von Bourbon.«

»Ich gebe Ihnen«, so fuhr Professor Moldenhauer fort, »zuerst die genaue Beschreibung des Objektes. Die Rose ist eine phanerogame, bedecktsamige, zweilappige Pflanze; Pistill mehrfächerig, mit wenigsamigen Fächern; Blütenboden krugförmig erweitert, auf seinem Rande hinter den Kelchblättern die perigynen Staubgefäße tragend; Blütenblattkreise fünfgliedrig, im Andrözeum und Gynäzeum vielgliedrig; Blätter wechselständig, oberseits kahl, unterseits bläulichgrün, oval oder rundlich; Blüten einzeln, mit drüsenborstigen Stielen; Kelchzipfel fiederspaltig, sehr drüsenreich; Stacheln gedrungen, ungleich. Dies die Beschreibung, über die sich alle Autoritäten einig sein dürften. Die Frage, die noch offen blieb und die wir jetzt gemeinsam aufklären wollen, ist, sind die Drüsen am Boden der Blüte schlauchförmig oder sackförmig? Um das festzustellen, werden wir die Pflanze sezieren; vorher aber tauchen wir sie in Paraffin.«

Ehe man sich's versah, hatte Professor Moldenhauer die Beatrix kopfüber in einen Napf voll flüssigen Paraffinwachses gestellt. Er rührte sie darin herum, zog sie wieder heraus und legte die Triefende lang auf den Tisch. Um diese Zeit wurde es dunkel im Saale, denn draußen zog zürnend ein Gewitter auf, aber niemand bemerkte es, weil alle mit größter Spannung dem Versuche folgten.

»Durch dieses Paraffinbad«, sagte Professor Moldenhauer, »habe ich dem Objekt die nötige Stabilität gegeben, so dass die fleischigen Teile der Blüte dem Messer eine größere Resistenz entgegensetzen werden. Hahaha! Sie wird sich nicht wehren, sondern hübsch still halten, die Kleine. Und nun schlitze ich sie der Länge nach auf, nehme einen Dünnschliff, und dann werden wir unter dem Mikroskop ihre Drüsen betrachten.«

Er beugte sich über die Ohnmächtige, und seine großen Brillengläser leuchteten grässlich durch die Dunkelheit. Dann griff er nach einem langen, dünnen Messer.

Aber in diesem Augenblick wurde er vom Blitz erschlagen und rollte tot unter den Operationstisch.

Die Studenten packten ihre Sachen zusammen und verließen achselzuckend das Laboratorium. Der mit der Ader aber sprach bitter vor sich hin. »Sind ihre Drüsen nun sackförmig oder schlauchförmig? Wie sollen wir ihre Schönheit verstehen, wenn wir nicht einmal das wissen?«

Gold

Die Armee Tillys zog nach Norden zu ab gegen die Thüringer Berge; ringsherum brannten alle Dörfer Frankens.

Und wie das immer so ist, wenn das große Heer vorüber ist, dann kommen die Plünderer hinterdrein und suchen das Land ab, ob nicht noch ein Schwein aufzustöbern ist oder ein Fass Wein oder ein Bauer, den man um sein Gold zwacken kann.

Aber die Bauern kennen den Handel schon und wissen, dass die Nachzügler die Schlimmsten sind von allen. Deshalb bleiben sie noch versteckt, wo sie sind, in den Bergen und Steinbrüchen, und warten, bis die Heimsuchung ganz vorüber ist.

Warum ist der alte Valentin nicht auch so klug gewesen wie sie? Der konnte es so lange nicht aushalten, er kam vor der Zeit aus dem Versteck heraus und lief auf seinen Hof, um nach seinen Siebensachen zu sehen; und da ist er der Plünderbande des Hauptmanns Julius von Laubenheim in die Hände gefallen und nun mag Gott ihm gnädig sein.

Jetzt lag er in seinem eigenen Hofe ganz nackt ausgezogen am Boden, mit Stricken an eine Leiter gebunden, denn er sollte gefoltert werden, weil er sich weigerte, sein Gold herauszugeben.

Vor ihm stand aufrecht der Laubenheimer, ein grauhaariger Mann, dem man es ansah, dass er Zeit seines Lebens im Sattel gesessen hatte auf schlechten Ritten. Er trug einen Pelz, der einmal einem Kurfürsten gehört hatte, und an seinen Händen leuchteten die Juwelen gestohlenen Kirchengutes. Seine Räuberbande aber drängte sich um den Bauern, der am Boden lag, schlimme Gesellen, die sich freuten, wie man den Nackten jetzt plagen würde. Auch ein Frauenzimmer war unter ihnen, die Lombardin Maria, die man schön nennen musste, obgleich ihre Augen ein wenig schielten.

Der Hauptmann prüfte die Stricke, ob sie fest angezogen wären, dann sagte er zu dem Bauern. »Ich liebe gewaltsame Mittel nicht und hätte diesen Handel lieber friedlich mit dir erledigt. Aber du willst nicht. Hartnäckig und bösartig behauptest du, dass du kein Gold hast. Und das ist offenbar gelogen. Die letzten Ernten waren gut, der Pachtzins gering und du musst schwer verdient haben. Irgendwo steckt hier verborgen ein Topf oder eine Kiste voll Gold; ganz voll Gold; Dukaten mit dem Bilde der kaiserlichen Majestät, venezianische Zechinen mit dem heiligen Markus und seinem Löwen, goldene Ringe, goldene Ketten.«

Die Augen des Hauptmanns weiteten sich, als er so sprach und wurden schwarz. »Das ist es, was wir brauchen, viel Gold, schweres Gold. Und weil du es nicht gutwillig hergibst, werde ich jetzt die üblichen Mittel der Tortur anwenden, die dich bald zum Reden veranlassen dürsten.«

Er wandte sich an einen etwa sechzehnjährigen Burschen, der im Hintergrunde des Hauses an einem glühenden Ofen hantierte. Das war Pascal, früher

Page der Herzogin von Cleve, der aus dem Dienst in das wilde Zeitalter fortgelaufen war, weil ihm das Töten mehr Spaß machte, als das Parfümspritzen.

»Pascal«, sagte der Hauptmann, »bring das Nötige her; du kannst die erste Prozedur selbst übernehmen, das wird dein jugendliches Herz stärken.«

Der Knabe griff mit einer Schaufel aus dem Ofen einen Haufen weißglühender Kohle, brachte sie herbei und hielt sie über die Brust des Bauern.

Noch einmal wandte sich der Hauptmann an den Liegenden. »Ich frage dich zum letzten Mal, willst du dein Gold gutwillig herausgeben?«

Der Bauer Valentin war ein großer, starkknochiger Mann von sechzig Jahren. Er reckte sich in seinen Fesseln, schloss die Augen und flüsterte. »Ich habe kein Gold.«

»Nun denn in Gottes Namen«, sagte der Hauptmann und sah Pascal an. Der biss auf seine Unterlippe, lächelte und schüttete vorsichtig die glühenden Kohlen auf die nackte Brust des Liegenden.

Der Bauer brüllte auf, dass man es auf eine Meile hören konnte, riss wild an den Stricken und schlug mit dem Kopf gegen das Holz der Leiter ...

»Gibst du dein Gold her?« rief der Hauptmann.

»Ich habe kein Gold«, schrie der Gemarterte und schrie es immer wieder, auch als Pascal die glühende Kohle über seine Brust ausbreitete und mit der Schaufel fester gegen das Fleisch drückte.

Die Lombardin Maria stemmte die Fäuste in die Seite, beugte sich hintenüber und lachte, dass ihr die Tränen herunterliefen.

»Der zweite Grad!« kommandierte der Hauptmann Julius von Laubenheim.

Der zweite Grad war jener berühmte Schwedentrunk. Zwei Soldaten gossen dem liegenden durch einen Schlauch die Mistjauche in den Mund und drückten dann auf den Magen, dass die ekle Brühe hoch herausspritzte. Dreimal taten sie es und nach jedem Mal fragten sie nach seinem Gold und jedesmal wiederholte er es, schreiend oder ächzend: »Ich habe kein Gold.« Sie rissen ihm die Haut vom Körper, stachen ihm die Augen aus, aber er gab nicht nach. Da fasste die Soldaten die Wut und mit Knüppeln zerschlugen sie ihm die Glieder.

»Es ist genug«, sagte der Hauptmann, »bindet ihn los.« Er trat an den Bauern heran, der wie ein Stück Schlachtvieh am Boden lag. »Armer Kerl«, sagte er, »er tut mir leid. Vielleicht hat er wirklich kein Gold; aber wir haben getan, was wir konnten, und Brauchen uns keinen Vorwurf zu machen.«

Dann zog er Handschuhe über die funkelnden Finger und ging durch den Hof auf sein Pferd zu, das draußen angeschirrt stand.

»Wir reiten über die obere Furt nach dem Kloster Sankt Lorenz«, sagte er und saß auf.

Aber wie er sich umdrehte, ob alle seine Leute bereit wären, sah er, dass Pascal und die Lombardin Maria noch auf dem Hofe zurückgeblieben waren. Sie knieten auf dem Bauern und machten sich an seinen Halse zu schaffen. »Was tut ihr da?« rief er.

»Wir geben ihm den Rest«, antwortete Pascal zurück. »Er taugt ja doch nichts mehr.«

Da fasste den Hauptmann ein großer Zorn. »Seid ihr Christen«, rief er, »kennt ihr das fünfte Gebot nicht? Wie könnt ihr einen Menschen töten, der nicht gebeichtet hat? Sofort kommt ihr her.«

Die beiden sprangen auf, packten den Bauern an Kopf und Füßen, schwenkten ihn auf den Misthaufen und liefen dann lachend dem Zuge nach, der mit Klirren die Dorfstraße abritt.

Nun stand die Sommernacht schwül über dem verwüsteten Lande. Brandgeruch lag in Schwaden fest, und am Horizont leuchteten die Feuerherde der Dörfer. Gegen Mitternacht zog im Westen ein stummes Gewitter vorüber und seine Blitze erhellten schwach den Körper, der auf dem Misthaufen lag und schon der Verwesung anzugehören schien.

Aber als die Morgenluft in den Bäumen zitterte, kam Leben in den zerhackten Körperstummel. Er zuckte zusammen, drehte sich und rollte den Haufen herunter. Unten blieb er betäubt lange Zeit liegen. Da blickte die Sonne durch die Büsche und wärmte alles, und nun wurde der Stummel lebendig wie ein Tier. Er begann vorwärts zu kriechen über den Hof weg, indem er mit den Knien und mit dem Kinn arbeitete. So kam er an die Wand des Hauses, die kroch er rechts entlang, bis zu dem Winkel, wo es an den Stall stößt. Dort schubberte er am Boden herum und begann dann mit dem Kopfe die Erde nach rechts und links wegzufegen. Der Deckel einer Kiste kam zum Vorschein. Der Bauer säuberte ihn von allem Staub; biss in den Deckel, rüttelte daran und riss ihn auf. Die Kiste war bis an den Rand voll mit Golddukaten.

Nun beugte er sich hinein, strich mit den Lippen über das Gold und überzeugte sich, dass es noch ebenso voll war wie früher. Und grunzte auf vor Wonne. Dann wühlte er den Kopf hinein in die Masse; mit der Stirn, mit den erloschenen Augen hinein gewühlt in das Gold. Er biss in das Gold, er nahm den Mund voll und gurgelte damit und schrie dabei vor Freude.

Und so fand ihn zwei Tage später sein Sohn: tot, mit dem Kopf eingewühlt in den goldenen Brei.

Nacht in Athen

Zonaras (lebte von 412 bis 473 n. Chr.), Lehrer für Moralphilosophie an der Hochschule von Athen, beendete seinen Vortrag über den Nutzen der Tugenden. Er lehnte sich im Kathedersessel zurück und blickte träumend über seine zahlreichen Zuhörer hinweg, durch die Fenster des Saales, auf das ferne Meer. Fast schien es, als ob ihn dort weit hinten die blinkenden Wimpel des Piräus mehr fesselten als der Vortrag, den er seinen Schülern gehalten hatte. Dann raffte er sich wieder auf, hob den Stift in seiner Hand hoch und sagte mit strenger Betonung:

»Und so wiederhole ich es euch zum Schlusse noch einmal: Wir sollen die Tugenden der Mäßigkeit und Keuschheit nicht allein deshalb üben, weil das göttliche Gesetz sie uns vorschreibt, wir sollten sie auch pflegen aus Politik, um unsere Gegner zu beschämen und zu demütigen. Wie ihr alle wisst, ist diese abgöttische Stadt Athen noch immer und vierhundert Jahre nach dem Heilsopfer voll von den Anbetern des Antinoos und der Demeter, und sie führen ein wüstes Leben mit Trunk und Hurerei. Wenn wir nun rein bleiben, so werden sie sich darüber peinigen und grämen. Neid und Eifersucht wird ihre verworrenen Seelen erfüllen und wir werden ihnen schon hier auf Erden die Qualen bereiten, die ihrer nach dem Tode in den höllischen Abgründen harren. Bleibt deshalb rein und nüchtern und klug wie die sieben Jungfrauen, um euren Feinden zu schaden.«

Aus der Mitte der Zuhörer erhob sich der blonde Entyches und rief dem Lehrer zu. »Ich dachte, wir sollen unsere Feinde lieben und ihnen Gutes erweisen?«

Aber Zonaras achtete auf diesen Zwischenruf nicht, denn die Stunde war zu Ende. Er klappte das Buch zu, verließ die Schule und ging durch die abendlich geschäftigen Straßen der Stadt Athen bis zu dem Vorortshäuschen hinaus, in dem er wohnte. Dort hatte ihm seine Wirtschafterin schon das Abendbrot bereitet, das aus Linsen und Grütze bestand und aus dem sanften Öl der Athene.

Und eine Nacht kam über Attika. In den schwarzen Gebüschen der Gärten ertönten die Laute der Zither. Hinter den Säulen entzündeten sich die Lampen des Festes und beleuchteten efeubekränzte Gesichter, die voll des großen Gottes waren. Fruchtschalen standen schwer, klirrend stürzte der Bronzebecher zu Boden, und stoische Philosophen rissen die Tücher von den Brüsten sechzehnjähriger Mädchen.

Am nächsten Morgen schritt Zonaras mit seinen Büchern unter dem Arme wieder zur Hochschule zurück durch die Straßen, die jetzt sauber und aufgeräumt dalagen.

Beim megarischen Tore sah er einen Haufen Menschen stehen, die, wie es schien, einen am Boden liegenden Betrunkenen umgaben. Die Leute waren offenbar alle Heiden, und der Betrunkene musste ein Christ sein, denn aus der Menge ertönten höhnische Zurufe wie: »Seht das christliche Schwein; seht die Hochmütigen, die besser sein wollen als wir.« Und als Zonaras näher trat, erkannte er in dem Betrunkenen seinen Schüler Eutyches, der schmachvoll am Boden lag, halb gegen die Mauer gelehnt.

Zürnend redete der Philosoph den Trunkenen an: »Habe ich es euch nicht erst gestern gesagt, dass ihr rein und mäßig bleiben sollt, um eure Feinde zu beschämen.«

Eutyches aber richtete sich auf, und unter dem Kranz hervor, der ihm tief in das triefende Gesicht gesunken war, antwortete er.

»Was willst du Gottloser mit deinem Gerede von Feinden und von Beschämen? Gerade erst recht, weil du das gesagt hast, habe ich mich mit Absicht tief in den Wein getrunken. Um meinen heidnischen Brüdern eine Freude zu machen und damit sie über mich spotten können. Ich will meinen Feinden nicht wehe tun, und ich glaube, es ist schlecht, besser zu sein als andere. So habe ich mich betrunken aus Barmherzigkeit, und in meinem Becher war Jesus Christus.«

Die Wette

Unter der Regierung des Kalifen Mahmud lebte in Basra der Dichter Omar ibn ali Rebia, der von seinen Zeitgenossen der Dichter unter den Dichtern genannt wurde. Omar trug diesen Namen mit Recht, denn er war der Erfinder von siebenunddreißig neuen Versmaßen, und in jener an großen Dichtern so reichen Zeit kam ihm keiner gleich in der Kunst der Strophe und in der Fülle des Einfalles. Das Besondere an seinen Versen war, dass sie zwar streng gesetzmäßig in ihrem Baue waren, aber wild in dem Sinn, und dass sie deshalb sowohl den Klugen wie den Toren gefallen mussten. Wenn Omar eine neue Strophe veröffentlicht hatte, so zählten die Literaturprofessoren prüfend ihre Silben und freuten sich, dass es stimmte; und die Trinker in der Schenke sangen sie im Chor. Die verhüllten Frauen aber, die abends auf den Dächern saßen, wiederholten flüsternd den süßen Reim, während sie der hinaufziehenden Nacht entgegensahen.

Omar verdiente mit seinen Werken viel Geld, und davon hatte er sich in der schönsten Straße von Basra ein kleines Haus gekauft, das in seinem Innern so geschmückt war, wie die Dichter sich ihr Heim herauszuputzen pflegen: mit Tischen, die mit Perlmutter eingelegt waren, mit alten Büchern und flimmernden Bronzelampen in allen Ecken. Aber das Schönste davon war der kleine

Garten, der hinter dem Hause in der Stille lag. In dem Garten war ein kleiner See, und in dem See eine kleine Insel, zu der eine heimliche Brücke aus vergoldeten Hölzern hinausführte. Auf dieser Insel saß Omar den ganzen Tag, blickte in den Himmel und lauschte mit den Ohren des Dichters auf das Klingen der Welt. Und wenn er den Ton, auf den er wartete, erfasst hatte, tauchte er seine Gänsefeder in das Töpfchen blauer Tinte, das neben ihm stand, und schrieb den Reim auf das Papier.

Nun erhob sich aber neben dem Garten des Dichters das große Handelshaus des reichen Kaufmanns Ali, dessen Schiffe bis nach Sansibar gingen, ins Land der Mohren. Ali handelte mit Häuten und Leder, und den ganzen Tag lief es in seinem Hause ein und aus von Reisenden, die ihre Muster brachten, und von Boten mit Briefen. Und wenn nun dieser große Geschäftsmann an seinem Tische saß und Rechnungen prüfte und hundert Aufträge erteilte, so konnte er immer durch das Bogenfenster hindurch den Dichter Omar sehen, der auf dem Inselchen saß und in den Himmel guckte. Deshalb hasste Ali den Dichter und sagte zu allen seinen Freunden: »Seht einmal da drüben den Omar, der jetzt seit sieben Stunden auf seiner Insel sitzt und nichts tut. Ist es erlaubt, dass so ein Taugenichts den ganzen Tag in den blauen Himmel sieht, während andere Leute schaffen müssen von früh bis spät?«

Eines Tages geschah es, dass Omar aus seinem Hause auf die Straße trat mit einer großen Rolle beschriebenen Papiers, das er zu seinem Verleger bringen wollte. Gleichzeitig kam aus dem Hause des Kaufmanns die Sänfte heraus, in der sich Ali zur Börse tragen ließ. Und da der Dichter vor sich hinträumte und weder nach rechts noch nach links sah, rannte er gegen die Sänfte an, die in ein heftiges Wanken geriet. Die Träger stießen den Dichter rauh hinweg, der Kaufmann Ali aber steckte den Kopf heraus und schrie: »Du Taugenichts, kannst du nicht fleißigen Leuten aus dem Wege gehen, die zur Börse wollen, wo sie an der Hebung des Nationalwohlstandes arbeiten? Eine schöne Kunst, die du da betreibst, Verse auf Papier zu schreiben. Das kann jeder, das kann jeder.« Damit zog Ali seinen Kopf wieder zurück und schaukelte in der Sänfte weiter.

Der Dichter Omar ibn ali Rebia stand sprachlos da. Denn er war ebenso wie alle Dichter: Wenn sie einen Streit mit groben Weltleuten haben, so wissen sie im Augenblicke nichts zu reden; erst wenn der andere längst fort ist, fällt ihnen die geschickte Antwort ein, die sie hätten geben sollen. Omar sah der Sänfte seines Nachbars nach, und als sie glücklich um die Ecke verschwunden war, bedachte er, dass er dem Grobian hätte erwidern sollen: Nun, wenn es so leicht ist, einen Reim zu schreiben, schreibe doch einmal einen.

Da ergriff ihn eine große Wut über die Dreistigkeit des Kaufmanns und ein noch größerer Zorn über seine eigene Dummheit; und nachdem er diesen Zorn zwei Tage lang gehegt hatte, hielt er's nicht mehr aus: er fasste sich Mut, ging eines Abends zu Ali herüber und trat stracks in sein Arbeitszimmer ein. Ali blickte erstaunt von seinen Papieren auf, denn bisher hatten sich die beiden Nachbarn noch nie in ihren Häusern besucht. Omar aber sagte herzhaft: »Nachbar und Freund, du hast gesagt, es sei keine Kunst, Verse auf Papier zu schreiben; nun, hier bringe ich dir das Pergament, auf das ich meine Verse zu verzeichnen pflege, auch meine Feder und meine veilchenblaue Tinte. Du hast jetzt gewiss Zeit, denn es ist Abend, und bis morgen brauchst du dich nicht um den Aufbruch der Kamele zu kümmern. Zeige also, was du kannst. In einer Stunde werde ich wiederkommen, und du wirst mir dann das Gedicht oder die Strophe zeigen, die du niedergeschrieben hast; weil es ja eine so leichte Sache ist.«

»Haha«, rief der Kaufmann, »das werden wir gleich machen; geh und komm in einer Stunde wieder; aber deine Gänsefeder magst du gleich mitnehmen, mit so etwas kann ich nicht schreiben; ich bin an meine Feder mit goldener Spitze gewöhnt.«

Als Omar nach einer Stunde wiederkam, saß der Kaufmann schweißgebadet vor dem Pergamente, das er mit einem wüsten Gewirr von Worten und Strichen bedeckt hatte.

»Nun?«, sagte Omar lächelnd, lies mir deine Gedichte vor. »Es ist kein Wunder«, antwortete ärgerlich der Kaufmann, »es ist kein Wunder, dass es mir nicht gelang. Du hast deine Kunst erlernt, ich die meine; ich kann ebenso wenig plötzlich ein Sonett schreiben, wie du jetzt in einer Stunde einen Posten persischer Lammfelle einkaufen könntest. Diese kurze Probe beweist noch nicht, ob deine Kunst wirklich etwas so Schweres ist.«

»Du hast recht«, antwortete Omar, »aber trotzdem ist zwischen uns beiden noch nicht entschieden, ob du mit deinen Vorwürfen recht hattest. Lass uns unseren Versuch fortsetzen. Du wirst ein halbes Jahr lang in deinen abendlichen Mußestunden bei meinem Lehrer Salomon die Kunst der Längen und Kürzen lernen; unterdessen erlaube mir, dass ich bei deinem Schreiber Unterricht nehme in dem Gesetz des Handels und in dem Wert der Münze, und dass ich nach seinen Lehren mit meinem geringen Geld wuchere. Dann wollen wir nach einem halben Jahre sehen, ob du ein Dichter geworden bist und ich ein Kaufmann, und daran erkennen, welche von den beiden Sachen leichter und zugänglicher ist, welche höher, seltener und heiliger.«

So taten sie.

Nach einem halben Jahre hatte Ali alle Regeln der Dichtkunst auswendig gelernt, er wusste, dass jeder Vers in zwei Halbverse mit gleichem Reim zerfallen muss, und wo der Ton hinkommt; aber seine Verse fielen auseinander, und die Reime klapperten wie trockenes Holz. In einem halben Jahre hatte der Dichter Omar erfahren, dass es darauf ankommt, billig zu kaufen und teuer zu verkaufen, und dass die Ziegenfelle schwerer werden, wenn man Sand darauf gestreut hatte. Und gerade als die Probezeit ausging, war er beschäftigt, einen großen Posten von Kuhhäuten auf dem Markt in Kuweit aufzukaufen.

Lächelnd sagte Ali: »Welch Kaufmann du doch geworden bist; ich sehe nun ein, dass zur Dichtkunst ein stärkerer Geist gehört, dass das Handelsgeschäft das gemeinere ist, und ich grüße dich als Sieger. Nun lass uns jeder zu seiner Arbeit zurückkehren.«

Aber da antwortete Omar: »Noch nicht gleich; erlaube mir, dass ich diesen Handel erst zu Ende führe. Wenn ich nämlich die Felle jetzt nach Stambul bringe, habe ich einen Reingewinn von fünftausend Zechinen, denn der westliche Markt zieht Leder an wegen des drohenden Krieges zwischen den Bulgaren und dem Kaiserreich. Auch wollen mir Magus und Söhne in Aleppo fünfzigtausend Zechinen kreditieren, und es wäre eine Sünde, dieses Geschäft gerade jetzt abzubrechen.« So setzte Omar seine Kuhhäute in Stambul glücklich ab, und für das Geld, das er gewann, kaufte er marokkanische Lederwaren auf; die Gelegenheiten mehrten sich, die Geschäfte wuchsen, und schließlich trat Omar mit seinem Nachbar Ali in eine Handelsverbindung ein.

Da er aber Platz für seine Waren brauchte, ließ er den kleinen Garten abreißen und den See zuschütten mit der heimlichen Insel und der goldenen Brücke, und baute einen Schuppen, in dem die Ziegenfelle und die Stapel von Kuhhäuten la-

gern sollten, bis die Preise die richtige Höhe erreicht hätten.

So zeigte es sich, dass zwar die Poesie das Heiligere
und der Handel das Gemeine ist, das jeder erfassen
kann; es erwies sich aber auch, dass die Gemeinheit
stärker sein kann als alles Heiligtum.

Das neue Paradies

Gottvater sprach vor sich hin in seinen langen Bart: »Du lieber Gott, wie war doch das Paradies so nett, das ich damals in Zentralasien (nach einer anderen Erklärung allerdings am Kaukasus) angelegt hatte. Mit den gefleckten Hirschkühen, den Tauben und den Wachteln, die einen kleinen Schopf auf dem Kopf haben. Auch die Obstbäume waren gut geraten, neben die ich eine Tafel gesetzt hatte mit der Aufschrift: ›Es ist streng verboten, Früchte abzupflücken‹. Alles war so sauber und die Wege mit Kies bestreut, und Sonntag die ganze Woche. Wie schade, dass dieses zweideutige Lumpenpack mir alles verdorben hat.«

So sann der liebe Gott lange seinen Erinnerungen nach. Und weil er schon alt ist und immer etwas eigensinnig war, deshalb sagte er zu sich: »Und nun mache ich mir justament erst recht ein neues Paradies, genau so wie das vorige; aber dieses Mal lege ich es vorsichtshalber mehr abseits.«

Er streckte seine ambrosische Hand über die unermesslichen Gewässer des Ozeans; und schon tauchte aus den Abgründen triefend eine große Insel auf mit blauen Bergen und hohen Felsen. Und gleich bedeckte diese Insel sich mit Wäldern von Kampferholz; Gewürzpflanzen wucherten in den dampfenden Tälern, Bananen und Ananas waren schon reif und Tiere mit unerhörtem Pelzwerk jagten über die Lichtungen. In den Abhängen der Berge aber schimmerten die Adern und Schwaden schiersten Silbers.

Als alles fertig war, legte Gottvater eine Morgenröte darüber, wie noch nie eine da war; und um alle Küsten des neuen Paradieses ringsherum sangen die Brandungen das Lob des Herrn. Wie damals betrachtete er alle Dinge und fand, dass es gut sei.

Zwei Tage später fuhr an der Ostseite der Insel das englische Kanonenboot »Arrogant« vorüber. Der Kommandant, Capt. Buller, erkannte, dass er ein neues Land vor sich hatte, landete, hisste den Union Jack und nannte die Insel »Queen Marys Land«. Gleichzeitig fuhr an der westlichen Küste der französische Passagierdampfer »Bossuet« vorüber, der eine Operettengesellschaft nach Valparaiso brachte. Der Kapitän erkannte, dass er ein neues Land vor sich hatte, landete, hisste die Trikolore und nannte die Insel »Ile de la Fraternité«.

Schiedsgericht. Ultimatum. Gasangriff. Stacheldraht. Handgranaten. Schützengräben. Trommelfeuer. Blockade. Mitrailleusennester. Generalquartier. Unterstand. Schwimmende Minen. Lederersatz. Kriegsgewinnler. Tanks. Weißkohl. Feldprediger. Läuse. Kriegskorrespondenten. Fliegerangriff. Papierhemden. Unterseeboote. Galgen. Spanische Grippe. Erzberger.

»Hol es der Henker«, rief Gott, »jetzt ist meine Geduld zu Ende; der ganze Planet muss weg, zerschmissen muss er werden, sonst verschandelt er mir die Schöpfung.« Und in furchtbarem Grimm ballte er die Faust und hielt sie über die kleine braune Kugel, die da zischend und knisternd und schwelend durch den Äther zog.

Aber er schlug nicht zu, sondern steckte die Hand wieder in die Hosentasche und seine Miene wurde milder. »Nein«, sprach er vor sich hin; »man muss sich alles überlegen. Es wäre schade um die Schmetterlinge.«

Die drei Bilder

Der Bacchustempel in Mantinea war berühmt im ganzen Altertum, weil in ihm drei Bilder des Gottes angebetet wurden, nicht nur eines, wie sonst üblich war. Diese drei Bilder standen nebeneinander auf einem gemeinsamen hohen Sockel hinter dem flammenden und dampfenden Altare. Das eine bestand aus Marmor, das andere aus Bronze, das dritte aber war aus verschiedenem Material zusammengesetzt: Gesicht und Arme Elfenbein, die Augen zwei große Amethyste, das lange Gewand Silber und die Haare gediegenes Gold.

Die Rechtgläubigen brachten diesen drei Bildern die vorgeschriebenen Opfer dar, nämlich Wein, der mit Honig, Mehl und geriebenem Ziegenkäse vermischt war, und das Blut weißer junger Widder. Und alle drei Monate wurde zur Vollmondzeit im Tempel die heilige Nacht gefeiert, die Priester trugen in feierlichem Zuge ein großes aus Holz geschnitztes männliches Glied herbei und stellten es vor den Altar, und nackte Weiber tanzten mit aufgelösten Haaren.

Dann tranken sie den Wein des Gottes, und wenn die heilige Verzückung über sie gekommen war, warfen sie sich alle zusammen auf die Kissen unter den Säulen.

Und die Jahrhunderte vergingen, da kamen die Go-
ten. Die waren fromme Christen, deshalb stießen
sie die drei Götterbilder von dem Sockel herunter
und machten sich gleich über den Bacchus, der aus
jenen kostbaren Materialien zusammengesetzt war.
Sie zerschlugen und zersägten ihn in kleine Stücke
Gold, Silber und Elfenbein, die sie unter sich ver-
teilten; die beiden Amethystaugen des Gottes aber
behielt der Führer des Heeres Friedobald für sich.
Bei einem geschickten Künstler ließ er zwei Ohr-
ringe daraus machen und schenkte die seiner Kebse
Minna, die bei den großen Riten immer hinter ihm
auf dem Pferd zu sitzen pflegte.

Und die Jahrhunderte vergingen, da kamen die
Bulgaren. Die holten den bronzenen Bacchus aus
dem Schutt hervor, schmolzen ihn ein und machten daraus scharfe Messer, mit denen sie den ge-
fangenen Griechen die Ohren, die Nasen und die
Lippen abschnitten.

Und die Jahrhunderte vergingen, da kamen die Ar-
chäologen. Die gruben den marmornen Bacchus
aus und schrieben Doktordissertationen über ihn.
Sie bewiesen, dass es gar kein Bacchus sei, sondern
ein Hermes der Übergangszeit mit Anklängen an
Polyklet. Besonders die Haltung des linken Beines
und die kubische Form des Kopfes seien geradezu
charakteristisch für Polyklet.

Auch gossen sie ihn in Gips ab; und das säch-
sische Unterrichtsministerium ließ ihn auf großen

Papptafeln abbilden und in den Schulen aufhängen, als Lehrmaterial.

Da hing nun der Gott, allein, hoch an der Kalkwand und blickte mit seinen toten, furchtbaren Augen über die sächsischen Gymnasialschüler hinweg, die sich mit den Fingern in den Nasen bohrten.

So werden noch viele Jahrhunderte aufziehen aus der unerschöpflichen Tiefe der Zeit, und Welle auf Welle werden die Barbaren kommen, immer neue, immer wieder. Aber die Kraft und das Geheimnis Gottes wird ewig bleiben.

Fische

In dem Fenster der Lebensmittelhandlung hatte man die Fische ausgelegt, die in der letzten Nacht im See gefangen worden waren. Sie lagen auf einer breiten, weißen Marmorplatte tot ausgestreckt; und zwar war diese Marmorplatte nach vorn etwas geneigt, damit das Wasser und auch das Blut hübsch sauber und ordentlich ablaufen könne.

Dicke Barsche, Äschen ganz wie aus Silber, Forellen mit runden Flecken, Hechte mit länglichen Flecken und die breitmäuligen Quappen, bei denen die Leber das beste ist. Ein ganz riesiger Hecht von anderthalb Meter Länge lag in der Mitte und war das Staatsstück. Und sie alle, die geschwänzelt hatten in den kühlen Gründen des Sees, und immer gerudert und geflitzt und immer Welle gewesen waren, sie lagen steif ausgestreckt einer neben dem anderen und hielten sich nun endlich still.

Und weil es hübsch anzusehen war, wie sie da so sauber tot waren, deshalb blieben die Leute vor dem Laden stehen und hatten ihre Freude daran.

»Dieser süße Hecht«, rief das zwölfjährige Mädchen mit den nackten Beinen, »und was er für reizende Zähnchen hat.«

»Der wiegt seine achtzehn Pfund«, sagte der Herr im Gummimantel.

»Warum«, so murmelte der Feuilletonist, »warum hat die Forelle runde Flecken und der Hecht

längliche Flecken? Welch eine Spielerei ist dieses?«
Der Philosoph aber dachte: »In diesem Geschäft ist
der Fisch während eines Monates um 20 Prozent
billiger geworden.«

Da geschah es, dass der große Hecht seine Kiemen
öffnete und tief aufatmete; denn er war noch gar
nicht tot. Und alle die Leute, die vor dem Laden
gestanden hatten, fuhren erschreckt zusammen und
wandten die Augen ab.

»Grässlich, dass sie da lebende Fische hinlegen«,
sagte der Herr im Gummimantel.

»Man sollte ihm doch einfach den Bauch auf-
schneiden«, meinte das zwölfjährige Mädchen mit
den nackten Beinen.

»Warum«, so murmelte der Feuilletonist, »warum hatten wir Wohlgefallen an dem Tode, und warum schauderten wir vor dem Leben zurück?«

Der Philosoph aber dachte: »Dieses Geschäft
werde ich mir merken; da scheinen die Fische ganz
frisch vom See herzukommen.«

Der eine Pfaffe und der andere

Dem alten Tischlermeister Haberlandt in der Siederstraße sieben ging es schlecht.

Seitdem das Warenhaus »Germania« am Hauptbahnhof eröffnet war, kamen die Leute nicht mehr zu ihm, sondern gingen in die »Germania«, wo man die Tische, Stühle und Nachtkästchen gleich fertig aus dem Laden mitbekam.

Das ist ja eine alte Sache, die sich allerorten wiederholt, man nennt es den Kampf des kleinen Handwerks gegen den Großbetrieb.

Denn selbstverständlich konnte das Warenhaus »Germania« seine Sachen billiger abgeben, weil es jede Woche zwanzig Nachtkästen verkaufte und deshalb bei jedem nur einige Pfennige zu verdienen brauchte. Namentlich zwei seiner Erzeugnisse, der Reklamerauchtisch »Siegfried« und die Reklamekommode »Krimhilde« gingen ab wie die warmen Brötchen.

Und dabei musste jeder sehen, dass dieser »Siegfried« und diese »Krimhilde« einfach Schund waren, zusammengeklebt mit Muscheln und Schwänen, die beim ersten Stoß auseinandergingen.

Aber so sind nun einmal die Menschen, die Schnelligkeit und Billigkeit ist die Hauptsache, und gegen diese Zeitströmung lässt sich nicht ankämpfen.

Der Tischlermeister Haberlandt kämpfte nicht

gegen die Zeitströmung an. Er wäre auch gar nicht der Mann dazu gewesen, mit seinen achtundfünfzig Jahren und seiner Brille.

So bückte er sich denn über seine Arbeit und sagte zu seiner Frau Christine und zu der Kleinen, der Paula: »Da ist eben nichts zu machen und schuld an allem war damals diese Sezession, die sie erfunden haben, und der Jugendstil. Seit der Zeit sind die Menschen verrückt geworden. Jedes dumme Hausmädchen, das sich verheiratet, will ihre Möbel im Jugendstil haben, immer wieder etwas Neues. Und da kommt der kleine Tischler nicht mit. Sollen sie mit ihrem geklebten ›Siegfried‹ glücklich werden; ich krepiere unterdessen langsam.«

Seine Frau Christine sagte ihm jeden Tag: »Warum gehst du nicht einmal zum Pfarrer Schmitz ins Pfarrhaus und holst dir einen geistlichen Rat?« Denn Frau Christine war eine sehr fromme Frau, und es grämte sie, dass ihr Mann mit seinen achtundfünfzig Jahren so selten in die Kirche ging. »Schaden kann es jedenfalls nicht; geh zu dem Pfarrer und sprich dich aus; er hat schon anderen geholfen.«

Vielleicht hätte sie ihn auch herumbekommen, denn der alte Tischler Haberlandt ließ mit sich reden. Aber da hatte er nun auf der anderen Seite seinen Freund, den Peter Zimmermann, mit dem er jeden Sonnabend im »Restaurant zur Post« zusammen Bier trank; und der Zimmermann war ein Unabhängiger, und zwar einer mit Hemdärmeln.

»Lass dich nur nicht von deiner Frau breitschlagen, der Betschwester; und dass du mir nicht zu dem Pfarrer läufst und dich etwa für den katholischen Handwerkerverein einfangen lässt. Geh lieber einmal zu dem Doktor Schlochauer in die Redaktion der ›Niederschlesischen Volksstimme‹ und spricht dich aus.«

Der arme Tischlermeister Haberlandt wusste nicht, wohin er sollte. In das Pfarrhaus oder die Redaktion der »Niederschlesischen Volksstimme« zu dem Doktor Schlochauer. Es ist eben eine Zeit des Zwiespalts. Gewaltige Mächte der Vergangenheit stehen noch da mit ihren Kathedralen, etwas rissig schon und innen hohl, aber immer noch fest. Und daneben donnert die Zukunft auf mit den Feuerdämpfen ihrer Hochöfen, mit den unzählbaren Hämmern unterirdischer Metallwerke und mit dem Aufmarsch organisierter Arbeiterscharen. Mächtig, aber noch nicht fertig.

Und zwischen diesen beiden Gestalten glitt der Tischlermeister Haberlandt langsam hinunter.

Solange noch die kleine Paula im Hause war, ging es einigermaßen. Sie nahm den Eltern die Arbeit ab und verdiente schon ein bisschen mit der Schneiderei. Und es war eine ausgemachte Sache, dass sie, wenn sie fünfzehn Jahre wird, in die Mantelnäherei am Karlsplatz gehen würde. Da verdient sie dreißig bis vierzig Mark monatlich, und essen wird sie auch nicht mehr als jetzt. Überhaupt und auch ohne das war das kleine Mädchen wie ein Sonnenschein im Hause; und so schlecht es dem Tischler ging, er wurde immer froh, wenn er sie sah. Als ob man einen Blumentopf ins offene Fenster stellt, so ungefähr war sie.

Aber als die Paula fünfzehn Jahre alt war, ging sie nicht in die Mantelnäherei, sondern war eines schönen Abends fort und verschwunden und kam nicht wieder.

Nirgendwo war etwas zu erfahren, wohin, und ob sie mit der Bahn abgefahren sei.

Dreiviertel Jahr später bekam der Tischlermeister Haberlandt einen Brief aus Berlin von einer fremden Hand. Es war ein ganz kurzer Brief und drinnen stand:

»Sehr geehrter Herr Haberlandt. Wollte Ihnen man mitteilen, dass Ihre Tochter hier in der Tieckstraße 14a wohnt, sie ist nämlich Schneppe geworden.
Mit herzlichen Grüßen
ein unbekannter Freund.«

Der alte Haberlandt hatte dieses merkwürdige Wort Schneppe noch nicht gehört und seine Frau Christine auch nicht. Sie wussten also nicht, ob es etwas Gutes sei oder etwas Böses. Die Nachbarn, die sie fragten, wussten es auch nicht oder taten so, als ob sie es nicht wüssten. Aber als Frau Christine den Brief dem Kommis Felix in dem Delikatessengeschäft von Oberbeck zeigte, platzte der vor Lachen heraus und erzählte alles. Und da wussten die beiden Alten ja nun, wie die Bescherung stand mit ihrem Paulachen. Wie am Schnürchen ging es bergab mit diesem Tischler Haberlandt.

Nun, da bekam denn doch die Frau Christine Oberwasser mit der Frömmigkeit und mit den guten Ratschlägen, und eines schönen Vormittags um elf Uhr saß der Tischler glücklich im Pfarrhaus in der großen Vorhalle und wartete, bis er vorgelassen werden würde bei dem Herrn Pfarrer Schmitz. Es war eine große steingepflasterte Halle mit Bänken ringsum an den Wänden. Dem Tischler gegenüber war oben an der Wand ein Bild angemalt, den heiligen Florian darstellend, der mit der Gießkanne ein kleines brennendes Haus auslöschte. Daneben stand angeschrieben: »Heiliger Sankt Florian, verschon' mein Haus, zünd' andere an.«

Unter dem heiligen Sankt Florian war eine Tür, und es war nicht schwer zu erraten, dass diese Tür in die Küche führte. Denn erstens roch es da heraus, als ob eine Kräutersauce angerichtet würde; auch hörte man einige Pfannen leise bretzeln. Und wenn die Tür aufging, sah man die Köchin, die an einer ungeheuren Pute hantierte, indem sie ihr eine bräunliche Füllmasse durch den aufgeschlitzten Steiß in den Bauch hineinbeförderte.

Nach zehn Minuten Wartens klingelte es oben, und die Köchin rief durch die Tür: »Sie, Mann, jetzt können Sie zu dem Herrn Pfarrer gehen. Die Treppe hinauf und dann die Tür geradezu.«

Als Haberlandt dem Herrn Pfarrer Schmitz gegenüber saß, war sein erster Gedanke, dass er einen so dicken Menschen noch nie in seinem Leben gesehen habe.

Der Pfarrer war einfach unglaublich dick. Gewiss, Haberlandt hatte ihn manchmal auf der Kanzel gesehen, wenn die Christine ihn zu Weihnachten oder Ostern mit in die Kirche geschleppt hatte.
Aber da war es nicht so zu sehen gewesen wegen der
weißen Chorröcke.

Hier im Stuhl und in dem schwarzen Rock sah
es so aus, als ob der Pfarrer alles überschwemmen
wollte mit seinem Bauch.

Übrigens war der hochwürdige Herr sehr
liebreich, wenn auch etwas ernst. »Ich weiß, verehrter Herr Haberlandt, dass Sie Unglück haben
zu Hause und in Ihrem Beruf. Gott sucht Sie offensichtlich heim. Legen Sie doch Ihren Hut da
auf den Tisch. Offensichtlich heim. Aber sagen
Sie, haben Sie Ihr Schicksal doch nicht vielleicht
selbst verdient? Nämlich«, so führte der Herr Pfarrer Schmitz aus und blickte ernst mit seinen kleinen Äuglein durch seine funkelnde Brille, »nämlich, wer sich um Gott nicht kümmert, der kann
natürlich nicht erwarten, dass Gott sich für ihn
interessiere. Wurst wider Wurst, nicht wahr, im
Erdenleben wie im Himmelreich. Wenn man nie
zu den Sakramenten kommt, so verscherzt man
sich eben das ewige Heil. Gewiss, gewiss, wir wissen schon, es ist jetzt Mode, über den Himmel zu
spotten und zu sagen, das sei alles nur Vertröstung von seiten der Geistlichkeit. Aber sagen Sie
selbst, verehrter Herr Haberlandt, wäre das Leben

denn überhaupt noch erträglich, wenn wir nicht die Hoffnung hätten, dass nach dem Tode sozusagen ein Ausgleich für erstandene Unbill Platz greife? Hoffen wir also auf das himmlische Manna. Um so mehr als Ihre Sorgen, verehrter Herr Haberlandt, ja doch nur körperlicher, nicht seelischer Art sind. Sorget nicht für den kommenden Morgen, und fraget nicht, was werden wir essen. Ist der Leib denn alles? Mitnichten, Hauptsache ist die Seele und ihr Heil, welches durch häufigen Gebrauch der heiligen Sakramente bewerkstelligt wird. Kommen Sie häufiger in die Kirche, halten Sie zu Gott, verehrter Herr Haberlandt, dann wird er auch Sie nicht verlassen.

Und nun nehmen Sie dieses kleine Heftchen. Es ist das Markusevangelium mit Erläuterungen; und im übrigen werde ich sehen, was sich machen lässt. Auf Wiedersehen. Ach, weil Sie gerade dastehen, lieber Herr Haberlandt, drücken Sie doch einmal auf den Knopf neben der Tür. Danke sehr. Adieu.«

Und Herr Tischlermeister Haberlandt ging wieder die Treppe hinunter. Als er durch die Vorhalle an dem Florian vorüberkam, war in der Küche eben die Pute in den Bratofen geschoben; sie schrie und kreischte vor Wonne in dem prasselnden Fett.

Es muss gesagt werden, dass dieser Besuch nicht ganz die Wirkung hatte, auf die Frau Christine gerechnet zu haben schien.

Vielmehr im Gegenteil. Acht Tage dachte der Tischler über die Worte des Pfarrers nach; denn er war kein Mann der schnellen Entschließungen.

Dann kam allmählich eine große Wut in ihm auf, und er fing an, ganz heillos zu schimpfen.

Der Wanst. Gefüllte Pute und Kräutersauce. Und für uns das heilige Manna. Der Leib ist nicht alles, sagt er. Ja, was ist denn an dir, was nicht Leib ist? Du musst dir ja einen Gurt um den Bauch machen, dass du nicht platzest, wie das Nilpferd im Zoologischen Garten. Und nun gehe ich erst recht zu den Unabhängigen und lasse mich einschreiben bei der Partei und trete in den Monistenbund ein, wenn es darauf ankommt.

So schrie er auf die arme Frau Christine ein, die ihr rechtschaffenes Teil Not hatte, und jeden Abend saß er jetzt bei seinem Freunde, dem Genossen Zimmermann, in dem Restaurant zur Post, wo alles besprochen wurde und wie man es anfangen wolle, mit dem Eintritt in die Partei und die Organisation. Und stracks stand er denn eines schönen Vormittags vor dem Redaktionsgebäude der »Niederschlesischen Volksstimme« in der Kaiserin-Auguste-Viktoria-Straße. Genosse Zimmermann hatte ihn bei dem Chefredakteur, dem Doktor Schlochauer, angemeldet, ihm auch einen Brief mitgegeben.

Das Redaktionsgebäude der »Niederschlesischen Volksstimme« war ein schmales finsteres Haus, in dem viel auf und ab gelaufen wurde. Arbeiter trugen Bleiformen die Treppe hinunter und machten sehr gründliche Gesichter dazu. Und hinter allen Türen klapperten und klingelten die Schreibmaschinen, alles atmete den Geist strenger und gediegener Arbeit, und man konnte es beinahe fühlen:

hier wird für die Zukunft eines freien und glücklichen Volkes gearbeitet.

So muss es bei den ersten Christen ausgesehen haben, bei den Aposteln usw. Und selbstverständlich roch es hier nicht nach Kräutersauce. Auch brauchte der ehrliche Arbeiter Haberlandt nicht eine Viertelstunde zu warten, bis man geruhte, ihn vorzulassen. Nein, gleich wurde er eingeführt in das Zimmer zu dem Chefredakteur Doktor Schlochauer. Der Herr Chefredakteur Schlochauer war ein feiner Mann von ungefähr dreißig Jahren, mit schwarzen Haaren und mit kleinen schiefstehenden Schlitzaugen, die immer listig von rechts nach links gingen. Auch stieß er mit der Zunge an.

»Setzen Sie sich, lieber Mann«, sagte er und führte Herrn Haberlandt an den Redaktionstisch. Auf diesem Tische lagen viele Zeitungen, Adressbücher, das Kursbuch für das Deutsche Reich; und dazu ein viereckiges Paket in Seidenpapier, das mit einem zierlichen schwarzweißen Bindfaden zusammengeschnürt war.

Herr Doktor Schlochauer fasste ziemlich hastig nach diesem Paket und trug es auf einen kleinen Nebentisch.

Übrigens war er sehr freundlich und entgegenkommend: »Sehen Sie, lieber Mann, die Sache verhält sich so; rauchen Sie eine Zigarette? Nee? Na dann erlauben Sie, dass ich mir eine anstecke. Also die Sache verhält sich so.

Im allgemeinen interessieren wir uns für das sogenannte kleine Handwerk nicht sehr. Da ist gar nichts mehr zu machen, verstehen Sie. Denn sehen Sie mal, der Untergang des Handwerks ist ein national-ökonomischer Prozess, der sich nicht aufhalten lässt. Es ist der Tod des offenbar zum Tode verurteilten individuellen Unternehmers gegen die syndikalisierte Sozietät, verstehen Sie. Warum haben Sie sich nicht angeschlossen? Na, nun haben Sie's. Die Parole des Tages ist Arbeitseinteilung zur Erzielung billigerer Werte. Und das ist doch klar, der Übergang des Großwarenhauses, wie hier die ›Germania‹, der Übergang des Warenhauses zu gewaltigen Konsum- und Produktionsgenossenschaften mit Gewinnbeteiligung der Arbeiter ist nur eine Frage der Zeit, ist ja in England dank der großartigen Organisationen der ›Trade Union‹ schon erreicht.«

So ging es eine halbe Stunde lang; immer mit der Zunge angestoßen.

»So, und nun lieber Mann, nehmen Sie sich mal hier meine Broschüre.« Als der Tischlermeister Haberlandt aus dem Chefredaktionszimmer hinaus war, ging Herr Doktor Schlochauer an das Fenster und machte es weit auf.

Gleichzeitig öffnete sich eine kleine Tür in der Bücherwand und Fräulein Alice Bredow trat herein. Fräulein Alice Bredow war die Geliebte des Chefredakteurs Doktor Schlochauer und trug eine gelbe Bluse.

»Kann ich endlich herein«, sagte sie, »oder kommt noch so ein Prolet?«

»Still doch«, antwortete Doktor Schlochauer, »er könnte dich ja hören.«

Dann nahm er das Haustelephon in die Hand und sprach hinein: »Sie, Pryzinsky, hören Sie mal. Ich schreibe jetzt den Leitartikel und möchte nicht gestört sein. Eine Stunde lang niemand vorlassen. Verstehen Sie. Und dann Sie, Pryzinsky, sind Sie noch da? Telephonieren Sie doch mal die ›Concordien-Säle‹ an und fragen, ob ich zwei Billetts für den Kostümball morgen abend haben kann. Haben Sie verstanden? Schön; und nun keinen Menschen eine Stunde lang.«

Nachdem der Chefredakteur Doktor Schlochauer diese Telephonangabe beendigt hatte, holte er das große Paket her, brachte es seiner Liebsten, Fräulein Alice Bredow, hin, und sie machten es zusammen auf. Es stammte aus dem Delikatessengeschäft von Overbeck und enthielt: einen frischgekochten Hummer, der noch lauwarm war; ein kaltes Huhn in Gelee und eine Flasche Champagner.

Während dessen war der Tischlermeister Haberlandt zu Hause angekommen und legte die Broschüre »Zukunftsstaat« neben das Markusevangelium. Und nun denkt er darüber nach, wo er zuerst ankommen wird, ob im Himmelreich oder im Zukunftsstaat.

Aber wie gesagt, er ist kein Mann der schnellen Entschließungen.

Der duftende Philipp

Die Hirtengedichte des alexandrinischen Dichters Philippos waren berühmt im ganzen Jahrhundert wegen der wunderbaren Klarheit und Zartheit, mit der sie die Natur schilderten.

Philippos hatte ein Stipendium an der Königlichen Akademie und bewohnte ein Häuschen, das gerade mitten zwischen der Königlichen Bibliothek und dem Königlichen Museum gelegen war. Dort saß er an einem Tisch, den gewaltige Haufen Papier bedeckten und neben dem die gipsernen Büsten der Dichter Theokrit und Virgil aufgestellt waren. Ein rundes, irdenes Tintenfass stand mitten auf dem Tisch in einem Tal der Papierberge; in dieses Tintenfass tunkte der Dichter alle anderthalb Minuten die Feder und schrieb seine Lieder über das Leben der Hirten und über die Bienenzucht, über wogende Saat und schwere Ernte, über das Rauschen der Wälder und über all die vielen Blumen, die am Feldrain blühen.

»Man glaubt den Duft des Thymians zu riechen, wenn man seine Gedichte liest«, so sagten die Zeitgenossen von ihm. Sie hatten ihm deshalb den ehrenvollen Namen Philippos aromatikos, der duftende Philipp, beigelegt.

Eines Tages, als er wieder an seinem Schreibtisch schrieb, saß neben ihm sein Töchterchen Klio mit ihrer Stickerei; sie hatte einen großen Rahmen vor sich, in den sie aus goldenen, silbernen und blauen Fäden die Geschichte der Argonauten nach einem alten Muster einfügte.

Da kam durch das offene Fenster ein grünes Laubblatt hineingeweht und ließ sich nach einigem Schaukeln und Schweben auf dem Tisch neben dem schreibenden Dichter nieder.

»Papa«, rief Klio freudig, »sieh das schöne, grüne Blatt; ist das nun das Blatt einer Platane oder eines Ahorns?«

Philippos tauchte aus seinen papiernen Abgründen auf und stierte seine Tochter mit triefenden Augen an. »Was hast du gesagt, mein Kind?« fragte er.

»Von welchem Baum dieses Blatt ist, möchte ich wissen.«

Der Dichter erblickte das grüne Blatt, fasste es vorsichtig an und warf es in den Papierkorb. Dann sagte er: »Ich kann deine Frage nicht beantworten, denn ich habe noch nie in meinem Leben einen Baum gesehen; und wenn ich einen gesehen haben sollte, so habe ich nicht darauf geachtet. Ich kenne die Bäume, Sträucher, Blumen usw. nur von den Darstellungen auf den geschnittenen Steinen im Königlichen Museum, drittes Stockwerk, Säle 26 bis 27.«

Die Brust der Natur

Seit drei Jahren und vier Monaten sprachen wir am Schriftstellertisch im Café Westminster vom Theater. Könige starben, Prinzessinnen ließen sich scheiden, Völker vergingen, wir am Schriftstellertisch im Café Westminster redeten vom Theater und von nichts anderem.

Da machte der Dr. Kornhaisl, der älteste unter uns, den Vorschlag, es solle ein Tag in der Woche festgesetzt werden, an dem nicht vom Theater gesprochen werden dürfe. Für diesen Tag solle ein gemeinsames Thema bestimmt werden und niemand dürfe über etwas anderes reden, als über dieses Thema ganz allein. Und zwar, so führte der Dr. Kornhaisl weiter aus, sei es vielleicht das Beste, zum gemeinsamen Diskutierthema einen Gegenstand aus der Naturgeschichte zu wählen; z.B. Pilzkunde oder so etwas. Das wäre einmal etwas anderes, eine Erholung gewissermaßen, und sicherlich täte uns allen eine periodische Rückkehr an die Brust der Natur dringend not. Der Vorschlag wurde angenommen und der nächste Mittwoch als der erste theaterfreie Naturabend festgesetzt.

Am nächsten Mittwoch fehlte von uns fast die Hälfte. Für gewöhnlich waren wir am Schriftstellertisch im Café Westminster so ungefähr fünfundzwanzig. Zwölf davon hatten es nicht für empfehlenswert gefunden, zu einem Abend zu kommen,

an dem nicht vom Theater, sondern nur über die
Natur gesprochen werden sollte, und waren zu
Hause geblieben. Die anderen setzten sich an die
bekannten Marmortische neben der Wasserheizung
und sahen sich erwartungsvoll an.

»Über was reden wir denn nun eigentlich?«,
fragte der Dr. Kornhaisl. Ein langes gedankenvolles
Schweigen folgte. Dann erhob der Dr. Swoboda einen Finger und sagte: »Reden wir einmal über Katzen.« »Ein ganz interessanter Gegenstand«, meinte
der Dr. Kornhaisl.

»Auf jeden Fall«, sagte der Dr. Swoboda, »lässt
sich nicht bestreiten, dass die Katzen zur Brust der
Natur gehören.«

Daraufhin wurde der Vorschlag, über Katzen zu
sprechen, mit zehn gegen zwei Stimmen, die des
Dr. Wurmsdorffer und des Dr. Haferl, angenommen. Diese zwei Gegenstimmenden entfernten sich
mit der Bemerkung, sie seien nicht gesonnen, eine
solche Trottelei mitzumachen.

»Also«, sagte der Dr. Kornhaisl, »wer etwas Merk-
würdiges oder Neues oder Sonderbares über Katzen
mitteilen kann, der fange an.« Wir alle dachten sieben Minuten lang scharf nach, dann sagte der Dr.
Olivenbaum: »Ich weiß etwas über Katzen«, und er
begann:

»Sie kennen doch gewiss alle die Mathilde Lejo,
die sentimentale Liebhaberin vom Karl-Theater in
Wien.«

Der Dr. Swoboda warf dazwischen: »Es sollte doch wohl heute über Katzen geredet werden,

und ausnahmsweise einmal nicht über sentimentale Liebhaberinnen.«

»Ich rede über Katzen«, antwortete der Dr. Olivenbaum gereizt. »Lassen Sie mich meine Idee nur entfalten. Also, als ich damals in Wien war, kannte ich die Mathilde Lejo vom Karl-Theater sehr gut. Sie war eine ernste stille Person, die ein zurückgezogenes Leben führte und in Sachen der Sittlichkeit sehr streng dachte. Und diese Mathilde Lejo nun, und das ist der Punkt, auf den ich kommen wollte, besaß eine blaue Katze.

Dass es blaue Katzen gibt, muss jedem bekannt sein, der sich mit der Naturkunde auch nur oberflächlich beschäftigt hat. Blaue Katzen werden besonders in England gezüchtet, wo sie den wissenschaftlichen Namen the blue Cat of Thorpe führen, und auf den Auktionen werden ganz enorme Preise dafür bezahlt. Mathilde also besaß eine solche Katze, die himmelblau war wie ein Maimorgen, und sie liebte dieses Tier äußerst. Die himmelblaue Katze schlief in ihrem Bett, wurde jeden Morgen massiert und mit Bayrum eingerieben und bekam zu ihrem Mittagessen stets einen Zander mit Kräuterbutter. Aber da geschah es eines Tages, dass der Fischhändler eine Verwechslung beging und statt des Zanders einen Hecht brachte; und weil die blaue Katze an diese Fischsorte nicht gewöhnt war, verschluckte sie eine Gräte und starb nach kurzem, aber qualvollem Leiden.

Mathilde war untröstlich. Als ich ihr meinen Kondolenzbesuch machte, warf sie sich mir schluchzend in die Arme und sagte: ›Olivenbaum, nachdem die blaue Katze tot ist, bist du mein einziges Glück auf dieser Welt. Ich liebe dich heiß; und deshalb bitte ich dich, schenke mir zu meinem nächsten Geburtstag eine neue blaue Katze, weil ich ohne blaue Katzen nicht leben kann. Und wenn du das tust, werde ich dir mit Leib und Seele angehören und dir keinen Wunsch versagen.‹

Bis zu Mathildens Geburtstag hatte ich noch acht Wochen, und in dieser Zeit habe ich nun in ganz Wien nach einer blauen Katze gesucht. Aber ich muss sagen, dass dieses keine leichte Aufgabe gewesen ist. In den Katzengeschäften waren alle, selbst die kostbarsten Arten zu haben, Zibethkatzen, Riesenangoras, persische Rauchkatzen, auch die ungeheuer seltenen schwanzlosen Katzen von der Insel Man; nur eben keine blauen Katzen. Die Händler hatten entweder niemals blaue Katzen gehabt oder sie hatten ihr letztes Exemplar gerade eben verkauft. Ich telegraphierte an Hagenbeck in Hamburg, und der schickte mir seine Preisliste ein; aber in diesem Katalog waren Nasenbären, Giraffen und Nilpferde verzeichnet, nur keine blauen Katzen.

Dann ging ich in die Expedition des Neuen Wiener Tageblattes und wollte eine Annonce aufgeben: Gesucht blaue Katze zu höchsten Preisen. Aber der Herr am Schalter gab mir mein Inserat zurück und sagte: ›Wir sind ein seriöses Blatt und nehmen Annoncen perversen Inhalts grundsätzlich nicht an; was Sie unter blauer Katze verstehen, das wissen wir schon.‹

So wollte ich eben verzweifeln, als es mir durch die Vermittlung des Detektivbureaus Falke gelang, mit der Witwe eines Obersten in Verbindung zu treten, die eine blaue Katze von kornblumenartiger Bläue besaß. Die Katze war der Dame ans Herz gewachsen und kostete 7500 Kronen. Aber für meine schöne, stille Mathilde war mir nichts zu teuer, und ich kaufte das Exemplar glatt.

Am Geburtstag steckte ich die Katze in eine Tüte und eilte hochbeglückt in Mathildes Wohnung. Aber als ich ihren Salon betrat, saß Mathilde sanft lächelnd in einem Lehnstuhl, umgeben von einundzwanzig blauen Katzen, die im Zimmer herumspazierten und sich gegenseitig berochen. Ich begriff die Lage sofort. Ernst holte ich meine Katze aus der Tüte und sagte: ›Madame, sofern ich richtig zähle, befinden sich in diesem Zimmer einundzwanzig blaue Katzen. Wenn Sie für jede dieser blauen Katzen dasselbe Versprechen gegeben haben wie mir, werden sie heute einundzwanzigmal Ihren Leib und Ihre Seele hingeben und einundzwanzigmal keinen Wunsch versagen. Für das zweiundzwanzigstemal, das auf mich fallen würde, danke ich bestens!‹ Damit warf ich ihr meine Katze vor die Füße und entfernte mich kalt.«

Als der Dr. Olivenbaum seine Erzählung beendet hatte, riefen zwei von uns, der Dr. Böhm und der Dr. Frobenius, den Oberkellner, bezahlten ihr Pilsener Bier und entfernten sich mit Eile. Wir konnten bemerken, wie sie beim Weggehen die Achseln zuckten und mit den Fingern an die Stirn tippten, woraus wir schlossen, dass sie mit dem Verlauf der heutigen Abendunterhaltung nicht ganz einverstanden seien.

Wir anderen führten das Thema weiter aus, doch nahm die Unterhaltung jetzt mehr einen allgemeinen Charakter an. Die ewige Frage, ob die Katze oder der Hund vorzuziehen sei, wurde durchgesprochen und gab Anlass zu sehr stürmischen Debatten. Die Mehrzahl sprach sich für den Hund aus, ich selbst ergriff lebhaft die Partei der Katze. Es sei nicht wahr, dass die Katze falsch sei, wie die alte Fabel behaupte. Kein Tier, auch die Schlange nicht, sei mit Berechnung falsch; jedes Wesen tue einfach und geradeaus nur eben das, was ihm der Schöpfer vorschrieb und was sein handfester Vorteil sei. Falschheit hingegen, Winkelzug und Diplomatie seien Eigenschaften jenes widerlichen Lebewesens Mensch, das sich in unbegreiflicher Verblendung das Ebenbild Gottes nenne, und das doch nichts anderes sei als ein entarteter Affe. Die Katze sei schon deshalb achtbar, weil sie sich nicht vom Menschen dressieren lasse und zu Kunststücken hergebe, während hingegen der Hund die Peitsche im Maule trage und damit den Rekord der Schande im Bereich der ganzen Schöpfung halte. Auch sei es durchaus falsch, so fügte ich abschließend hinzu, dass die Katze mehr am Ort als am Menschen hänge, wie vom oberflächlichen Beobachter leider so oft erzählt worden sei.

Als ich meine Rede beendet hatte, wandte sich ein älterer Herr, der am Nebentische saß, an uns und sagte:

»Entschuldigen Sie, meine Herren, dass ich mich in ihre Unterhaltung mische. Ich könnte zu Ihrem Thema eine sehr interessante Tatsache mitteilen, wenn Sie mir erlauben würden.«

Keiner von uns kannte den Herrn. Es war ein großer stattlicher Mann, der einen ungewöhnlich englischen Anzug trug und weitgereist aussah, etwa wie ein Kautschukpflanzer oder so etwas Ähnliches. Auf jeden Fall sah der Herr nicht aus wie ein deutscher Schriftsteller und deshalb gefiel er uns allen sehr. Er setzte sich an unseren Tisch und begann:

»Ich werde Ihnen eine merkwürdige Geschichte erzählen, aus der mit Klarheit hervorgeht, dass die Katzen mehr Anhänglichkeit an den Ort als an den Menschen haben. Vor ungefähr zwanzig Jahren betrieb ich eine Farm im Innern der nordamerikanischen Union im Staate Kansas. Das ist eine einsame Gegend, in der hauptsächlich Viehzucht, auch etwas Obstbau betrieben wird. Mein nächster Nachbar war ein junger Farmer mit Namen Buller, der zusammen mit seiner Frau und seiner dreiundsiebzigjährigen Mutter lebte, sehr ruhige und anständige Leute.

Die Bullers nun besaßen einen alten schwarzen Kater, der den Namen Cleveland führte und der nur drei Beine hatte; sein viertes Bein, und zwar das rechte Hinterbein, war ihm nämlich in seiner Jugendzeit von einem Liebesrivalen abgebissen worden. Trotz dieses Gebrechens konnte der Kater Cleveland sich noch ganz gut bewegen, wobei er allerdings sichtlich humpelte. Doch war er seiner ganzen Gemütsverfassung nach mehr eine phlegmatische Natur und liebte es, den ganzen Tag auf einem braunen Samtsessel neben dem Kamin zu sitzen.

Mit dieser Familie Buller ereignete sich nun in einem Hochsommer etwas Neues. Am Tage vor Johannis wollte die alte Frau Buller Kirschkuchen backen. Da sie aber nicht genug Kirschen zu Hause hatte, nahm sie einen Korb und ging in den zwei Meilen entfernten Obstgarten des Pfarrers, um dort Kirschen zu stehlen. Denn sie war trotz ihrer dreiundsiebzig Jahre noch eine sehr taugliche Person; auch nahm sie an, dass der Pfarrer um diese Zeit in der Kirche beim Konfirmandenunterricht sei. Als sie in dem Garten des Pfarrers angekommen war, kletterte sie in einen Baum und begann Kirschen zu pflücken und in ihren Korb zu sammeln. Aber das Unglück wollte, dass der Pfarrer nicht in der Kirche war, sondern in seinem Studierzimmer am offenen Fenster saß und die Predigt ausarbeitete. Und wie er nun die alte Frau Buller in dem Kirschbaum sitzen sah, nahm er seine Büchse her und schoss sie herunter wie einen Spatz. Wie man so einen Spatzen oder eine alte Krähe herunterschießt.

Schön. Bis hierher ist an meiner Erzählung nichts besonders Auffälliges, nicht wahr, meine Herren. Nun müssen Sie aber wissen, dass die alte Frau Buller von Geburt eine Deutsche gewesen war und dass sie in Deutschland, und zwar im Brombergischen, ein Gut besaß. Dieses Gut erbten nach ihrem plötzlichen Tode die jungen Bullers; und weil

sie von Deutschland und besonders vom Brombergischen eine vielleicht übertrieben günstige Mei-
nung hatten, beschlossen sie, die amerikanische
Landwirtschaft aufzugeben und nach Europa zu
übersiedeln. Sie verkauften mir ihre Farm mit Haus
und Mobiliar und packten ihre notwendigsten Sachen zusammen. Den dreibeinigen Kater Cleveland
steckten sie in eine alte Biskuitkiste, und so sind sie
eines Morgens nach Osten abgezogen.

Ich hatte auf meiner neuen Farm viel zu tun, legte Spalierobst an und entwässerte die große Wiese;
und darüber dachte ich nicht mehr viel an die Bullers und ihren Kater.

Über ein Jahr verging. An einem stürmischen
Januarmorgen saß ich im früheren Hause der Bullers am Kamin, rauchte meine Pfeife und sah in
das Schneetreiben hinaus. Da bemerkte ich plötzlich, dass den Weg vom Mühlhügel herunter etwas
Dreibeiniges gehumpelt kam. Ich bin ein ziemlich
aufgeweckter Bursche und deshalb war mein erster
Gedanke: Oho, was ist denn dieses? Aber noch be-
vor ich diesen Gedanken weiter ausspinnen konnte,
wurde die Tür, die nur angelehnt war, aufgestoßen,
der Kater Cleveland trat ein, ging stracks auf seinen
Samtsessel, sprang hinauf und machte es sich be-
quem, als sei nichts passiert. Er war seinem Herrn
entlaufen und von Bromberg nach Kansas U.S.A.
zurückgekehrt, und das, meine Herren, scheint mir
doch ein einwandfreier Beweis für die Behauptung,
dass die Katzen mehr am Orte hängen als an den
Menschen.«

Wir hatten die Erzählung mit eisigem Schweigen angehört. Nach einer Weile fragte der Dr. Kornhaisl: »Glauben Sie, dass er durch den Atlantischen Ozean geschwommen ist?«

Der fremde Herr zuckte nicht mit der Wimper und antwortete: »Das war auch mein erster und der allerdings nächstliegende Gedanke. Aber ich habe ihn aufgegeben, denn es ist doch äußerst unwahrscheinlich, dass ein Kater durch den ganzen Atlantischen Ozean geschwommen sein sollte. Außerdem hätten sich in diesem Fall Tang und Seepocken an ihn setzen müssen, er war aber ganz sauber. So bleibt nur die eine Erklärung übrig: Er hat den anderen Weg um die Erde genommen. Von Bromberg ist er ostwärts aufgebrochen, hat die russische Grenze passiert, Russland, Sibirien durchquert, die Beringstraße überschwommen, dann durch Alaska, Kanada, die gelben Berge, Nebraska bis auf seinen braunen Sessel, an den er nun einmal gewöhnt war.«

Jetzt brachen wir alle auf, und zwar in sehr tumultuarischer Weise, bezahlten unser Bier und verließen stürmisch das Lokal. Draußen stellte sich der Dr. Swoboda mitten unter uns auf, rollte die Augen und rief mit Schaum vor dem Munde: »Wer mir noch einmal mit der Brust der Natur kommt ...«

Die heilige Kuh

Da war die heilige Kuh der Göttin Frigga bei den Semnonen an der Elbe.

Als der junge blasse Diakon Crispinus von Aachen aufbrach, um die Semnonen zum Christentume zu bekehren, sagte sein Lehrer Bonifatius zu ihm: »Mein Sohn, trachte zuerst danach, den Heiden zu zeigen, wie ohnmächtig ihre Götter sind und wie eitel ihrer Götter Zeichen. Deshalb, sobald du bei den Semnonen ankommst, begib dich in den Hain der Göttin Frigga und schlachte vor allem Volke die heilige Kuh. Wenn sie sehen, dass du das ungestraft tun konntest und dass Frigga ihr Tier nicht schützte, so werden sie an ihren Göttern zweifeln und an den deinen glauben.«

Mit diesen Worten entließ Bischof Bonifatius den blonden Crispinus und segnete ihn auf die Reise und gab ihm sein Brustkreuz zum Küssen; dieses Kreuz war ganz aus Gold und mit Smaragden verziert, von denen jeder einzelne mehr Wert hatte als das Haus des Zimmermannes Joseph zu Nazareth wert gewesen war.

Der blonde Diakon Crispinus aber ergriff Stab und Tasche und machte sich auf die Fahrt. Er zog über den Rhein mit seinen Römermauern, durch die feuchten Waldtäler des Saltus Melibocus und über die Weser, die silbern dahinfloß in der Morgenstille der Zeit. Und unterwegs erwog er die Worte des Bischofs und dachte mit Angst und Sorge an jene Kuh, und was ihm aufgetragen war, dass er sie töten solle. Denn er hatte noch nie ein Tier getötet und gehörte zu jenen Leuten, die einen Umweg machen, wenn ihnen eine Ameise über die Straße läuft, weil sie dem Geschöpfchen nichts zuleide tun wollen.

Im Lande der Semnonen begann der Diakon Crispinus alsbald seinen Gott mit größter Inbrunst und Herzlichkeit zu predigen; wie der Erlöser zu uns gekommen sei, um den Frieden zu bringen, und dass er ein Vaterherz habe für uns allesamt. Das predigte er den Heiden unter ihrem großen Lindenbaum, und die hörten ihm erstaunt zu und wunderten sich, was für neue Erfindungen es doch so immer in der Welt gebe. Aber wenn er ernstlicher wurde und Bekehrung forderte, lachten sie nur so und gingen gemächlich zu ihren Geschäften zurück, zu der Jagd, dem Trinken und dem gegenseitigen Schädeleinschlagen alle Abende. Zur Taufe meldete sich kein einziger, und nach sieben Monaten war der arme, blonde Diakon Crispinus mit seiner Mission noch gerade soweit wie am ersten Tag.

Da schrieb aus Aachen der Bischof Bonifatius einen Brief an die Häuptlinge der Semnonen und sagte ihnen darin dieses: »Fordert meinen Schüler, den Diakon Crispinus, auf, die heilige Kuh des Götzen Frigga zu töten in eurem Hain. Und das soll euch ein Zeichen sein von der Kraft und von der Ohnmacht. Wenn er die Kuh nicht töten kann, und wenn ihm die Hand erlahmt, so mag Frigga ein Gott sein, und so sind wir Betrüger. Tötet er aber

die Kuh und darf er es ungestraft, so erkennt daran
die Ohnmacht der Wesen, die ihr bisher für Götter
hieltet.«

Darauf begannen die Semnonen den blonden
Crispinus zu reizen und ihm zu sagen: »Nun, das
wäre ja allerdings ein Beweis; so zeige es uns also,
dass du keine Furcht vor Frigga hast, und töte ihre
Kuh. Aber du wagst es gar nicht, denn das ist eine
heilige Kuh, und sie geht in den Winternächten mit
Friggas Wolkenzug über die Wälder und Stoppelfel-
der hin. Sie hat eine Schelle aus dem Erz der Berg-
zwerge und trägt auf der Stirn das dunkle Zeichen
der Lieblinge Friggas. Und Frigga ist eine große
Göttin, und niemand wagt ihr zu trotzen; du am
wenigsten, du Blonder mit deinen Locken.«

So redeten sie ihm höhnend zu, und Crispinus fühlte es, dass hier etwas getan werden müsse.
Schaudernd fasste er das blutrünstige Messer, das
ihm die Heiden hinhielten, und ging mit ihnen in
den Hain, wo die heilige Kuh weidete. Aber als er
diese Kuh erblickte, die weiß war und sanfte Augen
hatte, da erzitterte er bis in sein Herz. Und ahnte
wohl in diesem Augenblicke, dass einmal ein Reich
kommen müsse ohne Blut und ohne Messer. Er trat
an die Kuh heran, streichelte sie, küsste sie auf die
Stirn und sagte ihr flüsternd ins Ohr: »Ich tue dir
nichts, du gutes Tierchen.« Und warf das Messer
hin und floh in den Wald.

Die Heiden aber setzten ihm mit großem Ge-
schreie nach, fesselten den Betrüger und überliefer-
ten ihn den Tempelmädchen zur Züchtigung.

Die banden ihn auf die Bank der Opfer, nahmen ihre goldenen Haarnadeln her und töteten ihn lachend mit tausend Nadelstichen.

So starb auch er gewissermaßen eine Art von Märtyrertod im Dunkel der großen hercynischen Wälder. Aber in den Listen der amtlichen und richtigen Kirchenheiligen findest du seinen Namen nirgendwo.